編み物ざむらい（二）

小僧騒動

横山起也

角川文庫
23955

目次

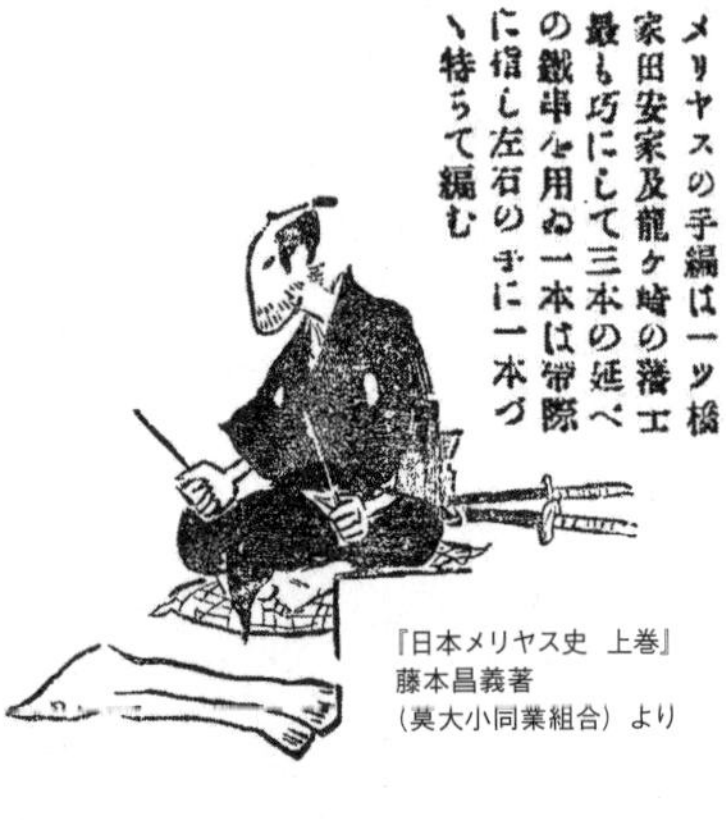
手編の圖
メリヤスの手編は一ツ橋
家田安家及龍ヶ崎の藩士
最も巧にして三本の延べ
の鐵串を用ゐ一本は帯際
に指し左右の手に一本づ
ヽ持ちて編む

『日本メリヤス史　上巻』
藤本昌義著
（莫大小同業組合）より

本当にその過去の未来が
あなたの「今」なのか

閉じ込められてしまった。

得体の知れぬ、この山に。

足元を不如意にさせるぬかるみ。

篠突《しのつ》く雨の樹々の葉に当たる、ざあ、という音。

龕灯《がんどう》の、わずかに届く昏《くら》い光。

目の前で、山と下界を唯一つなぐ釣り橋が落ちているのを見て、私は、嗚呼《ああ》、と呻《うめ》いた。

「……どうした……クロウ？」

傍に立つ男が、その巨軀《きょく》に似つかわしくない弱々しい声を出す。

杖《つえ》代わりにした木切れにその身を預けていて、いつ倒れてもおかしくない。

この問いが出るということは、もしや、目が効かぬのか。

「橋が……落ちています」

そう伝えると、むう、とひと唸《うな》りして黙してしまう。

巨軀の男の奇妙な髷《まげ》も、紅殻縞《ベンガラじま》の長着も何もかもずぶ濡《ぬ》れである。

もちろん、私も羽織から何から雨にあたって濡れ鼠である。

その肩には許嫁《いいなずけ》の身体が重くよりかかっている。

息が荒く、もたれかかるその頭がえらく熱を持っている。

どうすればよいのだろう。

こうなっては一切が役に立たない。

決して強靱《きょうじん》にはなり得ない己の身体。

道場に通いはしたものの、小太刀術のひとつふたつを身につけただけの剣術。

得意ではあるが、この難をしのぐには役に立ちそうにないメリヤスや組紐《くみひも》の技。

己の無力さを嘆いていると、呼応するように雨脚がさらに強まる。

雨に打たれて髷が乱れ、髪が落ちてくるのを整えようとすると、もたれかかった許嫁の身体が大きくくずれてしまった。

いま一度しっかりと抱え直そうとしたその時、目端に映ったのは巨軀の男が崩れ落ち、がくり、と両膝《りょうひざ》をつく姿である。

いかん、と思った刹那《せつな》、私の足がぬかるみで、ずるり、と滑る。

身体を硬直させるも時すでに遅し、許嫁もろとも翻筋斗《もんどり》打って倒れ込んでしまう。

背から脾腹《ひばら》へかけて衝撃に襲われ、思わず呻く。
それでも腕は受け身には使わず、しっかりと許嫁を抱えていたのは幸いである。
頭は打たなかっただろうか。
許嫁の心配をする間も無く、目が霞《かす》んでゆく。
——こんなところで死ぬわけにはいかぬ
そうは思えど、躰《からだ》が言うことを聞かない。
不意に、大きな影が動いた。
雨も煙り、夜闇に目も利かぬのでその正体がわからない。
——人か?……獣か?
なにか音がしているようだが、よく聞こえない。
ざあ、と雨が降っている。

第一章　感九郎、昏倒《こんとう》する

黒瀬《くろせ》感九郎《かんくろう》は「悪いことが起きるのは全て自分のせいなのだ」という思いに囚《とら》われている。

仕えていた凸橋《とつばし》家から召し放たれ、齢《よわい》十九の若さで浪人となってしまったのは己が悪い。

一介の下級武士という立場も考えずに、江戸《えど》の町に名の知れた医者の悪事を暴こうとお上に訴えたからである。

家から勘当されたのも己が悪い。

己の正義感のせいで父や兄までお役御免に遭うところであったのだから、その処遇も当たり前である。

もちろん頭では自分ばかりのせいではないということはわかる。

場合によっては相手が悪いこともあるだろう。

しかし、首の根本で糸が絡まるような感が出て、喉《のど》が詰まってしまうともういけない。

「自分にも悪いところがあった」という思いから始まり、それがいつの間にか「全て自分ひとりのせいだ」となってしまう。

もちろん人に責められた時など堪《たま》ったものではなく、瞬く間に喉が詰まる感に襲われる。

その念に駆られた時、感九郎は編み物《メリヤス》を編むため、鉄針と糸を手にするのだった。

本日も朝からそのような思いに取り憑《つ》かれ、仕事で請け負った手袋を編んで過ごしている。

舶来の大砲を撃つ操練に必要だとかで依頼が数多くあり、兵法に関わることでもあるから、幕府に仕える武家のなかにもメリヤス内職をしている者が少なくない。

感九郎も、元はと言えばそのような筋で編み針を手に取ったのがきっかけだったが、浪人になった今でも続けている。

糸を手繰っていると、いつの間にか心が落ち着いていき、様々な悩みを忘れられる。

不思議なことに、襲ってくる自責感も編んでいる間は和らぎ、気持ちが楽になるのだ。

メリヤスは心に効く。

召し放ち、そして勘当の憂き目に遭った感九郎が、日々を元気に生きていけるのは編んでいるおかげといえよう。

当て所《ど》もない身でありながらこの瀟洒《しょうしゃ》な墨長《すみなが》屋敷に居候できているのも、そもそもはメリヤスが発端である。

そんなこともあり、感九郎には自分の手繰っている糸が、まさに「運命の糸」であるかのようにも思えるのだった。

編み進めてしばらく、よく見ると少し前に編んだところが間違っている。

鉄針をはずして少しほどいた。

簡単にほどいて糸に戻せるのもメリヤスの良いところである。

気がつけば、心がずいぶん凪《な》いでいる。

障子から差す陽光に手袋をかざして編み地を確かめ、ふうっ、と息をついた。

良い日差しだ、と心地よく感じたその時である。

平穏を打ち破り、出し抜けに大音声《だいおんじょう》の怒鳴り声が屋敷に響き渡った。

「いいから出てけ！　図体《ずうたい》ばかりでかい能無しはお呼びじゃねえよ！」

「コキリよ、食わねば体に毒だと言っとるだけだろうに！」

「貴様は塵芥《ごみ》以下だ！　塵芥は吹けば飛ぶからまだましだ！　塵芥に弟子入りしやがれ、この呆《ぼ》け茄子《なす》！」

凄《すさ》まじい剣幕に感九郎は首をすくめた。

おかげでせっかく落ち着いたというのに、また首の根本で糸が絡まるような感がして、喉が詰まってしまう。

居た堪れず、編みかけのメリヤスを置き、廊下へと出た。

見れば向こうの方で、同居人の能代寿之丞《のしろことぶきのじょう》が昼餉《ひるげ》を載せた膳《ぜん》を持ちながら、ほとほと困った様子で立っている。

「飲まず食わずでは身がもたぬぞ！」

「五月蠅《うるせ》え！　そんなもの食うか！　二度とここを開けるな！」

壁が震えるほど怒鳴っているのはやはりこの屋敷に住まう女戯作者《げさくしゃ》の小霧《こきり》である。

痩《や》せっぽちなのに、怒鳴り声はやたらと大きい。

しかも実に口が悪い。

本人曰《いわ》く、コキリは当代随一の人気を誇る謎の戯作者、乱津可不可《らんつかふか》の正体だとのことだが、その悪口雑言は乱津の流麗な文章からは程遠い。

小さな身体に赤い縮緬《ちりめん》襦袢《じゅばん》と薄半纏《うすばんてん》を羽織り、本来は造作の良い顔を般若《はんにゃ》のように歪《ゆが》ませているうえ、結いもせず蓬髪《ほうはつ》とさせた髪を逆立てんばかりにしているから、あたかも呪われた座敷童《ざしきわらし》が襲いかかってくるようである。

「早く消えやがれ！」

コキリはそう言いながら手近の物を投げ始めた。

寿之丞はその巨軀《きょく》を操り、飛んでくる湯呑《ゆの》みや筆を器用によけている。

さすがは深川界隈《ふかがわかいわい》の座敷でも人気の手妻師、身が軽い、と感九郎が感心していると、飛んできた徳利《とっくり》が感九郎の額に見事に命中して目から火花が出た。

途端、目の前がさあっと昏《くら》くなった。

夢を見た。

父と母が幼い自分を挟んで喧嘩《けんか》している。

おそらく自分が悪いのだろうと思う。

そのうち母が謝りだすと感九郎も一緒に頭を下げる。

父の横には兄がいる。

いつの間にかその隣に母もいて、感九郎が独りで謝っている。

独りで、いつまでも、いつまでも、謝っている。

気がつくと、天井が見えた。

妙な夢であった。

自分の子どもの頃にそんなことがあったのだろうか、とも思うが父母の仲が悪かったのは間違いない。

陰口だの当てつけだの、その有様を目の当たりにするたびに泣いたのは覚えている。

亡くなってしまった祖母が、その度に折り紙や草双紙を持ち出したり、糸遊びで気を紛らわせたりして慰めてくれた。

中でもあやとりを好んだのを覚えているから、メリヤスを知らぬその頃から糸というものに心惹かれていたのかも知れぬ。

そのあやとりも「女のすることをして喜ぶな」などと父が怒るので、隠れてやっていたものだった。

そんなことまで思い出し、頭《かぶり》を振ろうとして感九郎は眩暈《めまい》に襲われた。

額に手を当ててみて、濡れ手拭いが載っているのに気がつく。

「いやあクロウ、すまんすまん。とんだとばっちりだったのう」

不意に、寿之丞が厨《くりや》から盥《たらい》を抱えてやってくると手拭いを手際よく替えてくれた。

どうやら当たり処が悪かったらしく、徳利の一撃で昏倒したようである。

感九郎は、横になったまま口を開いた。

「どうしたのですか、ジュノ。コキリがえらい剣幕でしたが」

この屋敷に住む者は寿之丞のことを寿《じゅ》の字、とかジュノと呼ぶ。

一方で感九郎もクロウ、と呼ばれることが多い。

「なに、あいつはこの間から引き籠《こ》もっているだろう。そのうえ、今朝からとうとう飯も食わなくなったのだ」

ジュノはそう言って頭を掻《か》いている。

その頭からは頭頂部と後頭部だけ髪を残した奇妙な髷《まげ》が生えている。

着ているものも派手な紅殻縞《ベンガラじま》で、傾奇者《かぶきもの》然とした風体であるのだが、見かけによらずジュノはさまざまなことに鷹揚《おうよう》で、気が優しいのである。

感九郎はゆっくりと身を起こすと、ぽたり、と額から落ちた濡れ手拭いを拾った。

「確かにそれは心配ですね」

「だろう？　それで襖《ふすま》を開けたらあの始末だ」

「……コキリの気持ちもわかるような気はします」

感九郎が先日のことを思い出しながらそう言うと、ジュノはひと唸《うな》りした。

「むう……しかしあれでは身がもたんぞ」

「何にしても今は様子を見るしかないのでは」

「それはそうかもしれぬのう」

ジュノは腕を組み、首を傾けて宙を見上げた。

手持ち無沙汰になった感九郎があたりに目をやると、メリヤスで使う糸が落ちている。

濡れ手拭いを桶にかけ、その糸を長めに切って輪に結ぶと手にかけて指を動かし始めた。

「むう、あやとりか」

ジュノが片眉を上げる。

「先ほど子どもの頃のことを夢で見まして、手慰みに」

「そうか。いや、やはりお主は手が良く動くのう。やれば手妻も上手くなるに違いないぞ。どれ、それがしもやってみるかな」

「できるのですか」

「手妻師たるもの手を使う芸は一通り身体を通したのだ。女子《おなご》の遊びといって馬鹿にできんものよ。よくできている」

ジュノはそう言って、感九郎が糸で様々な形を作っているところへ指を差し込んでくると見事な指捌《ゆびさば》きで綾《あや》を取った。

感九郎も負けじとそれを取り返し、それから少しの間、あやとりに夢中になった。

不思議なもので、手を動かして糸を繰りとるその感が感九郎に子どもの頃のことを思い出させたのか、忘れていた祖母とのことをさまざまに思い出すのだった。


事が起きたのはその二日後のことである。

「クロウ、来てくれ、クロウ！」

ジュノの呼ばわる声で、感九郎は目を覚ました。

昨夜《ゆうべ》は遅くまでメリヤスに没頭していたので、どうにも眠いが様子が只事《ただごと》ではない。

寝巻きのまま廊下に出ると、コキリの部屋の前でジュノが佇《たたず》んでいる。

「どうしたのですか」と問うと、何かの書き付けに目を落としたままコキリの部屋を指差すので覗《のぞ》き込んで、目を剝《む》いた。

なんともはや、コキリの部屋が綺麗《きれい》に片付いているではないか。

文机《ふづくえ》の上も整頓《せいとん》され、畳まできちんと拭《ふ》かれている。

元々、コキリはまったく部屋を片付けない。

否、片付けないのではない。

コキリのいるところ、次々と散らかる運命なのだ。

ずらりと机上に並ぶ、一口飲んだだけの茶が入ったままの湯呑み。

座布団の横に積み上がっている、団子を食べ散らかした後の餡《あん》がついたままの経木。

部屋だけではない。手近にあるものを食べつつ屋敷を練り歩きながら、その食べかけだの塵芥《ごみ》だのをそこらに置く。

おそらく執筆中の戯作について考えていて、何かを思いついた時に手に持ったものを忘れて書きものに戻るのだろうが、まだ付き合いの浅い感九郎でもぎょっとするようなところに妙なものが置かれていることが何度もある。

一度などは食べかけの握り飯が感九郎の草履の上に鎮座していたので、コキリのところまで持っていって問うと「外に出ようとしたところでいい筋を考えついたんだから仕方ねえ」と悪びれもせずに言って感九郎の手から奪い、右手で紙に筆を走らせながら左手でその握り飯を口に運んでいたのだから呆《あき》れて開いた口も塞《ふさ》がらなかった。

おそらくコキリの頭の中は戯作を書くことで占められていて、日々の暮らしなどはおまけのように思っているが故、雑の極みとなるのだろう。

そのコキリが部屋を綺麗に片付けているとは！

雨どころか季節外れの雪が降ってもおかしくないくらい珍奇な出来事である。

が、障子越しの日差しに輝かんばかりの部屋に、肝心のコキリの姿はなかった。

いったいどういうことだろう、と振り返れば、ジュノが書面を差し出してきたので、読み上げた。

「事情が有り居なくなる
捜さぬよう追わぬよう
一年戻らなければ座敷のものは整理していただきたく御座候
小霧」

感九郎は固唾《かたず》を飲んだ。

コキリが失踪《しっそう》した。

居間が閑としている。

「居れば五月蠅《うるさ》くて敵《かな》わんが、居なけりゃ居ないで閑《しず》かだのう……」

ジュノがそんなことを呟《つぶや》く。

コキリが居ないと屋敷の火が消えたようだ。

そのうえ墨長屋敷の女主人である御前まで姿を見せない。

「クロウはこの屋敷に来たばかりだから初めてか……御前は月の半分くらいはこの屋敷に居ないのだ。江戸城の裏口から八百八町の隅々まで、あれだけの事情に通じているせいか様々な所用が舞い込むらしい」

「こんな時に心細いですね」

「つなぎの者に文を渡せばやりとりはできるから心配は無用だが……『仕組み』の依頼は御前づてにしか来ないようになっているからのう。ああ見えて、それがしたちの頭目としてはきちんとしているのだ」

ジュノたち墨長屋敷の住人はそれぞれの異能を活《い》かし、「仕組み」と呼ばれる、悪党を懲らしめる「裏の仕事」をしている。

悪党たちを殺《あや》めず悪事を暴いていくその企てに、感九郎が巻き込まれるようにして加わることとなったのはつい先日のことである。

「コキリはいったい何処にいってしまったんでしょうか」

「『入り鉄砲に出女』と言うくらいだからな、遠くにはいかないと思うが」

江戸を出入りするには関所を通らなければならぬが、鉄砲が入るのと女が出るのにはことに厳しいのだ。

「あいつは頭は良いが、思いもつかぬ無茶もするからのぅ。いざとなれば関所破りも辞さぬだろうが……いや、やはりそんなことをするくらいなら別の手を使うだろうなあ……関所を越えぬ中で自分のできること、すべきことを見つけて出ていったはずなのだ。あいつは馬鹿だが、頭は良いのだ」

ジュノの言葉に感九郎は、なるほど、と独りごちた。

コキリの頭の良さについては折り紙つきで、まさに「切れ者」とはこのことであろう、と感九郎も思っている。

墨長屋敷の裏の仕事、芝居仕立てで悪事を暴く「仕組み」の筋書きを考えるのはコキリの役目であるし、しかもそれを刻一刻と変化する状況に合わせ、その場で即興を利かせるのを傍で見せられた日には舌を巻かざるを得ない。

そのコキリがただ自分の感情にまかせて無策で姿を消すはずはない、という言い分には説得力がある。

「何にしても御前に文を出して居場所を調べてもらうことにしよう。おそらく行方はわかるのではと思うが」

「……それを突き止めるのは尋常ではないですね。御前はいったい何者なんですか」

「城中にも顔がきくしのう。将軍家ともつながりがあるようだから、ひょっとしてやんごとなき方のご落胤《らくいん》ではないかとも思っているが、それがしも詳しくは知らぬのだ」

「そう言われると、確かに風格がありますね」

「だろう……行方がわかったらコキリと話をしに行くことになるだろうが、場所によっては旅になるかもな……どうだ、クロウも行かんか」

「私もですか？」

「都合次第で良いが、たまに出る旅だ、行っておいて損はないと思うがのう」

感九郎は思案した。

ここしばらく同じ釜《かま》の飯を食い、「仕組み」のなかで共に修羅場をくぐった仲ではあるが、感九郎が会いにいったとて怒鳴られ、さんざ悪口を言われるだけだろう。

行かずに済ませたい気持ちが強い。

「いや。それは……」

「何とかならぬか。コキリがいないと『仕組み』も如何《いかん》ともし難いから、旅代は御前から出ると思うぞ」

「残念ながら、メリヤス仕事もたまっておりまして」

「そうか……いや、先日はクロウのおかげで随分助かったからな、来てくれると心強いのだが、無理は言えんのう。いやいや、気にせんでくれ。何とかなるものだ……やれやれ、彼奴《あやつ》のことを考えていたら一服したくなった、茶でも淹《い》れるか」

それでは私が、と感九郎が茶盆に寄ると、ジュノもやってきて炒《い》り豆を取り上げた。

そのまましばらく茶が入るのを眺めていたが、おもむろに皿に豆をあけると座り込む。

感九郎はその前に湯呑《ゆの》みを据えようとして、唖然《あぜん》とした。

ジュノが摘《つま》み上げた豆が、目の前で次々と消えていく。

皿いっぱいの豆すべてが消失するまで口を開けて見ていたが、気がつけばジュノが感九郎の左の袂《たもと》を指差している。

　わけもわからぬまま手を差し入れてみると、消えたはずの炒り豆が知らぬ間に自分の袂に移動していて、中からぽろぽろとまろび出てきたのでさらに驚いた。

「これはいったい……」

　感九郎が言葉を失っていると、ジュノは拾った豆を一つ、再び消しながら目を眇《すが》める。

「いやいや、悪い。ここしばらく寝てばかりいたから、手を動かしたくなっての……人の頭というのは面白いものでな、それらしいことをいくつか見せれば『本当ではないこと』を勝手に信じ込むのだ。今の場合はな……お主が茶を淹れようとした時、それがしが炒り豆を取りにそちらへ行っただろう」

　感九郎が頷《うなず》くと、ジュノはにやりと笑った。

「その時にお主の袂に豆を仕込んだのだ」

「……！　全然気がつきませんでした」

「お主が湯を注ぐのに気を取られている間に仕込んだからな。そうしておいてから……」

　ジュノはまた一つ炒り豆を消すと、再び感九郎の袂を指さした。

「こうやって注意を引けば、『豆が手妻師の手から自分の袂に移動した！』と思い込むわけだ。本当は手妻で消したように見せた豆はそれがしの手にあるのだがな」

ジュノが手を開くと、豆が載っている。

「……これを座敷で見せれば奇術芸になり、拝み屋がやれば神通力になる。人というのは見えたこと、知ったことをもとに、自分に都合良い『今』を勝手に作り出してしまうのだ」

「手妻は……手先の技だけでなく、見る者の心まで使うのですね」

「物事というのは、一方から見れば不可思議になり、もう一方から見れば当たり前だということを手妻師は知っているだけだ……さて、さっそく御前へ文を書くか」

ジュノは巨軀《きょく》を揺らして居間を出て行ってしまった。

一人残された感九郎はしばし考えたが、特にできる事があるわけではない。

結局、自室に戻ってまたメリヤスを編むことにした。

編みかけのメリヤスの上端に並ぶ無数の「糸の輪」に、左手に持つ鉄針が刺さっている。

この「糸の輪」は「目」などと呼ばれているが、一番端の「目」へ右手の鉄針を差し込んで糸を手繰り出してくると、新しい「目」ができあがる。

それをひたすら繰り返していくと、メリヤスが出来上がっていくのだ。

ただそれだけのことだが、編んでいる最中に手元を見ると、いつの間にか「糸が布のような編み地になっている」ことに感銘を受ける。

日々の中で、「自分が為《な》した事」が逐一目に見える形になるのは、意外にもあまりないことなのだ。

メリヤスは、目に見える自分の「過去」だともいえよう。

ひょっとしたら糸を手繰り、「過去から今にいたる己」を編んでいるのかもしれない。

感九郎は手を止め、コキリのことを思い出した。

コキリは「過去」に苛《さいな》まれていた。

本人曰《いわ》く、「人魚の肉を無理やり食わされて不老不死になった」のだという。

「永遠の十九歳」などと己を揶揄《やゆ》していながらも、周りの者が死んでいき、自分だけが生き残っていつも独りだ、と悲しんでいた。

それが本当かどうかはわからぬが、そう語るコキリが酷《ひど》く傷ついているようであったのは間違いない。

そして、何の因果か、感九郎にも因縁の深い、奇《く》しくも先日の「仕組み」の標的となった悪徳医師の久世森羅《くぜしんら》が「人魚の肉」を食わした張本人のようなのだ。

その「仕組み」で、久世の悪事の証拠を奪うために感九郎は老爺に変装させられ、「組織」がひらいた茶会に紛れ込んだ。

結果として首尾は悪くはなかったが、どうやら自らも「人魚の肉」を食って不老不死になったらしい久世をそのまま置き去りにする結末となる。

コキリはどうしても捕えて詰問したかったようなのだが、「仕組み」の依頼人の手前、それは叶《かな》わず、無念の末に閉じこもり、こうやって失踪《しっそう》までしてしまった。

そこまで考えて、感九郎は許嫁《いいなずけ》の真魚《まお》のことを思い出した。

真魚はコキリと出会ってからの時は短いが、睦《むつ》まじい姉妹のように仲が良い。

居なくなってしまったことを伝えなければなるまい、と感九郎は重い腰を上げ、脇差《わきざし》を一本差しにして表に出ることにした。

第二章　感九郎、動転する

小糠雨《こぬかあめ》のそぼ降る中、浅草《あさくさ》橋を通りがかればこのような天気でも人の出は多い。

神田《かんだ》を通り、内職の口入《くちいれ》屋へ寄ると、藍《あい》染の前掛けをつけた元締めが帳場から出てきた。

「黒瀬様、ちょうど良かった。少しご相談がありまして」

元締めが座布団をすすめてくるので座ると、奇妙なことを言い出した。

「一つ目小僧が出るそうで」

「……！」

「ご存じないのですか。いま江戸の町はその話で持ちきりですよ」

感九郎もジュノも先日の「仕組み」のせいでひどく疲れがたまっていたようで、ここしばらくは屋敷で寝て過ごしていたのだ。

「ほとんど外に出ていなかったもので」と言うと、元締めはいかにも詰まらなそうな顔をした。

一つ目小僧とは少々時季はずれのような気がする。

普段は如月《きさらぎ》の八日に行われる「八日節供《ようかぜっく》」と呼ばれる行事前後に噂になる妖《あやかし》である。

そう言うと、元締めは呆《あき》れたように首を振った。

「なんと呑気《のんき》な。出るもんは出るんですよ。どうも誰かが攫《さら》われたらしいので、皆んな怖がっておりますよ」

一つ目小僧が人を攫うなどとは今まで聞いたことがないが、剣呑《けんのん》な話である。

「そもそも黒瀬様のような方には縁深い化け物でしょうに」

元締めは子供のように口を尖《とが》らせてそう付け加えた。

確かにそうとも言える。

一つ目小僧が出ると言われる「八日節供」には折れたり曲がったりした針を豆腐に刺す「針供養」が行われる。

如月の八日は、または土地によって師走《しわす》の八日に入れ違ったりするらしいが、所謂《いわゆる》「事始め」「事納め」の節供でつまりは「仕事」や「日々の生活」の区切りとなる。

それでその日に「普段使っている道具」である針への感謝として供養が行われるのだ。

実際、去年も今年も感九郎は真魚を連れ、浅草寺《せんそうじ》淡島堂《あわしまどう》に置いてある豆腐へ針を刺しに行った。

しかし、縁があるといえばそれくらいで、なぜ知らぬのかと詰《なじ》られるほどのことではない。

「……まあ良いです。一つ目小僧が来ないように、魔除《まよ》けに笊《ざる》や籠《かご》を軒先に飾るのは黒瀬様も勿論《もちろん》ご存じのことと思います」

たしか籠や笊は「目が沢山ある」から驚いて一つ目小僧が逃げ出す、という理屈だったはずである。

そんな訳のわからぬ所以《ゆえん》で妖が避けられるのか、と感九郎は思ったことがある。

「そこで、この機に乗じて黒瀬様に魔除けのメリヤスを編んで頂きたくございましてな」

「メリヤスに妖を除ける力があるのですか！」

感九郎が驚くと、元締めは顔を顰《しか》めて首を振った。

「そんなこと、あたしも存じませんよ」

「しかし今、魔除けとしてメリヤスを、と……」

「そんなことわかりゃしませんよ。あたしは坊主でも神主でもないんですから。大事なのは『目が沢山ある』ってことですよ。だってそうじゃないですか。籠や笊だって普段は胡瓜《きゅうり》だの茄子《なす》だの載っけてるくせに、八日節供になると『魔除けだ』って言って得意になって飾ってる訳でしょう、皆んなして。とにかく『目』が沢山あればいいんですよ。メリヤスには無数に『目』がありますでしょうに」

何ともいい加減な話であるが、流行《はや》り物、呪《まじな》い物とはそういうものかも知れぬ。

「籠だの笊だのも竹とか蔦《つた》を組んだだけですよ。買った人が魔除けと思えばそうなるんです。紙切れが神社の札になり、巾着《きんちゃく》袋がお寺のお守りになるんです。小さなもので構いません。高く売《う》り捌《さば》きますからお願いいたしますよ」

元締めは口早にそう言い、最上《もがみ》の紅花や阿波《あわ》の藍で染めた上等な糸を風呂敷《ふろしき》に包んで押し付けてくると、そのままの勢いで感九郎を店の外まで送り出した。

いささか無礼にも思ったが、感九郎とて霞《かすみ》を食って生きているわけではないから有難い話でもある。

仕方なくそのまま話を受けることにし、真魚の家、江戸で一、二を争う魚問屋「魚吉《うおよし》」がある日本橋《にほんばし》へ向かった。

先程まで気が付かなかったが、確かに往来に並ぶ家や商店のほぼ全てが軒先に籠や笊を飾っている。

どうやら元締めの言うことは本当らしいと思いながら到着してみると、店頭で真魚と鉢合わせた。

千草鼠《ちぐさねず》に染まった小紋を着ているところを見ると、どこかに出かけるところだったのかも知れぬ。

真魚は魚を扱う振り売りとして天秤棒《てんびんぼう》を片手に江戸の町中を走り回っている。いつもなら昼過ぎまではきちりと藍染された長股引《ももひ》きと印半纏《しるしばんてん》を着込んだ棒手振《ぼて》りの格好をしているのだから、今日のようなことは珍しい。

しかも、いつでも芯《しん》の通った姿で滅多に動じぬ真魚が珍しく浮き足立っている。

「ああ、感九郎さま、ちょうど良かったです！　いまから蔵前《くらまえ》へうかがうところでした」

慌てる様にそのまま袖《そで》を引き、感九郎を店に連れ込む。

「どうしたというのだ、真魚」と聞いても、兎《と》に角、と何も言わぬ。

垂れ目気味の大きな目をさらに見開いてずんずんと奥へと進む。

廊下で真魚の父、与次郎《よじろう》とすれ違うも、挨拶《あいさつ》もそこそこに茶室へと引き込まれた。

「聞きましたか！」

部屋に入っても座りもせずにそう言う真魚へ、いったい何だというのだ、と問うと「一つ目小僧ですよ！」と声を抑えながらも興奮した様子である。

「先ほど聞いたぞ」

「それは話が早いです……ああ、コキリさんが心配です……こんなことになってしまうなんて」

「コキリがどうかしたのか？」

居なくなったのを真魚が知っているわけがないので、まったく話が読めぬ。

「知らないのですか！　一つ目小僧が人を攫ったというのを」

「だからそれを先ほど聞いたばかりだ。妙な話だな」

「ああ……それではやはり感九郎さまはご存じないのですね！」

「何の話だ」

「一つ目小僧が攫ったのは戯作《げさく》者の乱津可不可だそうです！　コキリさんですよ！」

感九郎は動転した。

真魚の話はこうである。

この夏、乱津可不可の新しい戯作の本が出る予定で、少し前にその引き札が江戸の町中に出回った。

確かに感九郎も見た覚えがある。

ところが、そろそろその新作の版木を彫って刷り始めようというこの時期になって、肝心の版元のところに手稿が上がってこず、誰ともなく「乱津可不可が一つ目小僧に攫われた」と言い出したのだそうだ。

人魚だの一つ目小僧だの、コキリの周りは妖だらけである。

改めて、コキリが屋敷から居なくなってしまったことを感九郎が伝えると、真魚はさらに不安げに首を振った。

「やはり、攫われたのですね」

「いや、噂などあてにならないと思うが……だいたい、コキリは書き置きまでしていったのだぞ。部屋まで片付けていた。『攫われた』という体ではなかったが」

「攫われるにも色々あります。猿轡《さるぐつわ》をされて拐《かどわ》かされることもありましょうが、コキリさんに何らかの事情があってついて行かざるを得ない、ということもありましょう。その時には短いながらも置き手紙を残すこともできるかも知れません」

一つ目小僧に手紙を書くのを待ってもらっているコキリの姿を思い浮かべたが、

違和感がある一方で、あの気性なら遣《や》りかねんとも思えた。

「それに、その書き置きは本当にコキリさんが書いたのですか？　筆の達者であれば字だって似せることはできるのですよ」

真魚が真正面から見上げてくるその眼力に、感九郎は気圧《けお》されて後退《あとじさ》った。

「むう、確かにそれはその通りだが……」

「どうすれば良いのでしょう！　感九郎さま、コキリさんを助けないと！」

「……御前にコキリの行方を調べてもらって、ジュノが会いに旅に出る算段を立てているから心配無用だ」

「そうなのですね。勿論、感九郎さまもご一緒に行かれるのですよね！」

「む……いや……」

「ひょっとして行かないと言うのですか！」

「私が行ってもコキリは怒鳴るだけだろうしな……」

真魚は姿勢を改め、頭から足先まで、ぴしり、と軸を通し、芯の利いた声を放った。

「同じ屋敷にお住まいになられているのですから、お仲間ではありませんか！　そのお仲間が困っているというのに、感九郎さまがそんなに冷たいお人だったとは知りませんでした！」

感九郎の喉《のど》が詰まっていく。

例の糸が絡まるような感である。

真魚の言うとおり、確かにコキリは仲間である。

引きこもってしまったのも、私が悪かったところもあるかも知れない、という気がしてきた。

工夫すれば「仕組み」の後にコキリが仇《かたき》と話をするくらいには仕立てられたかも知れない。

しかし、自分はそれをしなかった。

コキリの失踪《しっそう》は私にも責があるはずだ。

その贖《あがな》いをせねばならない。

そう考えてみれば寧《むし》ろ、自分が率先してコキリを連れ帰らねばならないのではないだろうか。

「……いや、真魚の言うとおりだ……私もジュノと一緒に旅に出ることにしよう」

「それでこそ感九郎さまです！　わたしも一緒について行きます！」

「……！　真魚、それはいかん」

「何故ですか」

「危険だからだ」

「あら、わたしだって自分の身くらい守れます。毎日、天秤棒に桶《おけ》二つ担いで走り回っているんですから、感九郎さまより足腰が強いのはご存じでしょう！」

実際、その通りなのである。

が、真魚には「仕組み」のことやら何やら打ち明けていない。

「いかんいかん！　とにかくいかんのだ！」

「感九郎さま、非道《ひど》い！　わたしもコキリさんに会いに行きたいです！」

二人が口論する最中《さなか》、茶室の障子が開いた。

真魚の父、魚吉与次郎である。

漆黒の十徳と袴《はかま》を着込み、魚屋というよりも茶人の風体ではあるが、いつも明るく笑っていて、「侘《わ》び」というよりも「剽軽《ひょうきん》」という言葉が似合っている。

「感九郎様、ようこそいらっしゃいました……これ、真魚、何があったか知らないが騒がしいな」

「いま大事なお話をしているのですから、お父様といえど勝手に入ってこられるのは失礼かと」

「おやおや、これは随分だぞ」

「お父様のお相手をしている場合ではないのです」

「事が重ければ重いほど、危うければ危ういほど、場を軽くしてこそ茶人。大変だ、大事《おおごと》だと思えば思うほどよい案は浮かばないのだから。感九郎様、薄茶を一服差し上げますぞ」

与次郎は真魚の怒気を事も無げに笑顔で受け流すと、茶器を持ってさっさと風炉《ふろ》の前に座ってしまった。

「真魚、お母さんが菓子を用意してくれているから持って来ておくれ」

もう、お父様ったら、と真魚が文句を言いながらも茶室の外に行ったので、感九郎は一息ついて正客の位置に座った。

「茶聖」千利休《せんのりきゅう》の実家が魚問屋だったことにあやかり、魚吉一家は茶道を重んじ、真魚も小さな頃から師匠について稽古《けいこ》を続けている。

それだけではなく、茶室の炉の炭がいつも準備されていて、不意の客をもてなせるようにしてあり、実際に魚吉を訪れた者に茶が供されることも多い。

「感九郎様に儂《わし》がお茶を差し上げるのは初めてかもしれませんな」

帛紗《ふくさ》を捌《さば》き、棗《なつめ》や茶杓《ちゃしゃく》を清めながら与次郎が嬉《うれ》しそうに口を開いた。

言われてみればいつもは真魚か、母君のお葉《よう》に点《た》ててもらうことが多い。

はい、と答えると、

「真魚の点前《てまえ》も旨《うま》いのですが、もっと早く儂が一服差し上げたかったですな」

そう言いながら茶器を持つその手が軽く見えるのに感九郎は驚いた。

やっていることは真魚と同じであるのに、全く違うように見える。

そうこうしているうちに真魚が菓子盆を持って来たので、感九郎は懐紙に二つほど落雁《らくがん》を取った。

「豌豆《えんどう》の落雁でございます。とても良いものが手に入りましたので」

何気なしにそう言う与次郎の手元で、茶を点てる茶筅《ちゃせん》が軽快に鳴っている。

その音が頭の奥底をくすぐっているようで、感九郎は何とも気持ちよくなった。

さらに驚いたのが、差し出された茶の風味である。

口当たりが軽い。

心なしか茶碗《ちゃわん》まで軽く感じる。

感九郎が目を丸くしていると、隣に座った真魚が口を挟んだ。

「お父様の茶は軽いのです」

何故かしら、頬を膨らませている。

「これは……いつも真魚が点ててくれる茶と、産地や種類が違うのか」

「全く同じです。もちろんお茶碗も道具も同じです。お父様が点てると軽くなるのです」

「なにせ性分が軽うございますからなあ」

そう言う与次郎の姿勢が完全に脱力している。

「お父様のお点前が凄《すご》いのは承知していますが、あまりに軽すぎてこの間お師匠様が苦言を呈されていたじゃありませんか！『境地は見事だが、軽すぎるのもどうか』と」

「なに、お師匠様は教える立場だからそう仰《おっしゃ》るのだよ。茶は人をもてなすものだぞ。心を込めて相手のために茶を点てるのだ。感九郎様の心が軽くなれば良いことだ。まあ、儂は軽い茶しか点てられんがな。ほら、真魚の分だ。お前もお喫《の》みなさい」

真魚は渋々ながらも茶碗を受け取り、口をつけた。

それを見ながら感九郎は感銘を受けていた。

確かに気分が軽くなっている。

改めて深く座礼をすると、与次郎は照れたように手を頭に当てた。

「いやあ……時に最近、一つ目小僧が出るそうですな」

そう言ったので、感九郎も真魚も我に返った。

与次郎は自分たちの話を聞いていたのだろうか。

「江戸の衆はそういう話が好きですなあ。もちろん儂も好きですし、まあ訳のわからんことが起きると気持ち悪いですからなあ、何とか説明をつけようとしている間に妖《あやかし》や化け物が出始めるという寸法で……いやしかし、それも全くの作り話というわけでもなく、その時その時の人の心とか、実際に起きた騒動が何処かに滲《にじ》み出ているような気がしますな」

「お父様、いったい……」

「いやいや、ただの四方山《よもやま》話だよ。茶人は話し好きが多いからね……儂の若い頃も一つ目小僧はよく出たなあ。いや、見たことないけれどね、よく『出る』って話になった。あ、そうそう、『忠長《ただなが》様の怨霊《おんりょう》』というのも出ましたなあ。あれは流行《はや》りましたね」

「怨霊？　忠長様？」

「そうか、真魚は知らないのか。まあ、大きな声で話すものでもないからな。二代目か三代目かの将軍様の弟君。感九郎様はご存じでいらっしゃるでしょう？　駿河《するが》凸橋の忠長様のこと」

感九郎は頷《うなず》いた。

駿河大納言《だいなごん》凸橋《とつばし》忠長。

三代目の公方《くぼう》様、徳川家光《とくがわいえみつ》の弟君《ぎみ》である。

幼少の砌《みぎり》から眉目秀麗《びもくしゅうれい》にして才気溢《あふ》れることで周囲を驚かせ、殊に父、二代将軍秀忠《ひでただ》の寵愛《ちょうあい》を受けていた。

しかし、周囲の者が隠居していた初代将軍家康《いえやす》に直訴したことから、「長幼の序」を理由に後継は忠長ではなく家光に決定。

忠長は庶子扱いをされた末、他家へと出され、凸橋姓を称することとなる。

その後、駿河をはじめとする広大な地を拝領するも、忠長は不満を募らせ、また不遇な扱いも続いた結果、乱心するに至る。

末には、乱暴狼藉《ろうぜき》を重ねることとなり、時の将軍の実弟にして改易、切腹の憂き目に遭った人物である。

煎《せん》じ詰めて真魚に話すと首を傾げている。

「何だかどこかで聞いたことがある話ね」

「儂もいま話していて思ったのだが、もしかしたら乱津可不可の『変わり身一代記』の冒頭の話は忠長様からとったのかもしれぬな」

感九郎は腕組みをした。

十年前に一世を風靡《ふうび》した『変わり身一代記』は、二十巻にも渡る乱津の出世作となった戯作《げさく》で、読み本好きの感九郎は勿論《もちろん》読んだことがあった。

一人の若い女が様々な人物に輪廻《りんね》のような「変わり身」をしつつ、それら生き様の全てが元の女の人生と因果応報のごとく絡んでいる、その壮絶な半生を描いた戯作である。

江戸で流行していた日記の体《てい》をとり、最後にその草稿を出版するところで終わる描写が、戯作の世界が如何《いか》にも自分たちのすぐ隣にあるかのように思えて、江戸の衆の心を鷲摑《わしづか》みにしたのだった。

その冒頭で、女がはじめて「変わり身」をする位の高い男の命運が駿河大納言凸橋忠長に似ていたのである。

ちなみに感九郎は戯作者、乱津可不可を贔屓《ひいき》しているが、コキリがその正体であることを半分疑っている。

十年前であればコキリはまだ九《ここの》つや十《とお》ほどで、そんな子どもにあのような作品が書けるとは思えないからだ。

それを言うと「オレは人魚の肉を食わされて不老不死なんだから、十年前も十九だった」という始末で、本当のところはよくわかっていない。

コキリを捜し出した暁には、『変わり身一代記』の冒頭が忠長の生き様を参考にしたのかどうかを聞いてやろう、と感九郎は胸で独りごちた。

与次郎が、棚に柄杓《ひしゃく》を飾りながら話を続ける。

「忠長様のことは表立って話すものではないからこそ、ちょいちょい戯作や芝居の種になっておりますな。それだけ皆んな感ずるものがあるのでしょう……それで忠長様の怨霊の話ですが、儂が二十歳位、いや、もっと若かったかな……幕府に仕える武家が辻斬《つじぎ》りに遭うことが何度も続きましてな。これは将軍家に恨みがある忠長様の怨霊の仕業だと」

感九郎には初耳の話であった。

そう言うと、与次郎は笑みを浮かべたまま顔を歪《ゆが》めた。

「そしたらすぐにお上からその噂をやめろという御触れが出たんですよ。おかしい話ですよね、辻斬りしたやつは捕まっちゃあいないのに、噂話を止めろと言うのは。もちろん江戸の衆がそんなことで口を閉じるわきゃないんですが、何人かお縄になったんです」

「なんと！　噂話をしたかどでですか？」

「そうそう。床屋とその客数人がしょっ引かれてしまって、こりゃいけないと口に戸を立てた次第で。まあお上からしてみたら忠長様という人物はお名前も禁忌、駿河凸橋という家名も禁忌なのだろうけれど、随分だね、と皆んなで話した覚えがありますねえ」

「その忠長様ってお殿様は何で怨霊になるほど恨んでいたのかしら。自分が将軍様になりたいのはわかるけれど、お兄さんが居るなら仕方ないと思えなかったのかしら」

「それがなあ、忠長様が数奇な運命に翻弄《ほんろう》されたのも間違いないのだ。ご本人は不遇に感じられて居ただろうなあ」

「数奇な運命……」

「実は忠長様はあの織田信長《おだのぶなが》様が大伯父《おおおじ》にあたるのだ。忠長様の母御の江《ごう》様は織田家の血を引いているうえ、もともとは豊臣秀吉《とよとみひでよし》の甥《おい》の秀勝《ひでかつ》様の奥方でな、つまりは織田家と豊臣家の両方に縁のある方だったのだ。お城の将軍家の皆様にとってはそりゃあ怖いわけだよ」

「怖かったのですか？」

「そうさ、真魚。『織田がつき羽柴《はしば》がこねし天下餅《もち》　座して喰《く》らふは徳の川』なんて狂歌が出るくらいだ。織田や豊臣は天下を統一した後、良い目を見てないんだ。さらにはそこに与《くみ》した沢山の大名たちもいるからねえ。その人たちが忠長様を担ぎ上げたらどうなるか、怖かったと思うよ。忠長様はその才気も信長様に似ていたというから、余計不安だったんだろうなあ」

「つまりは忠長様を仲間外れにしないと、そういう人たちが集まって幕府に謀反を起こすかもしれないって心配だったってことね」

「そうそう。まあ、ずいぶん過敏だったと儂も思うけれど……三代将軍の頃なんて、まだ幕府が始まってすぐだろうからねえ。何かあったら転覆してしまうと思ったんだろうね。将軍家の皆様も織田、豊臣という『過去』がとても怖かったんだなあ」

　この世の頂点にいる将軍家でも「過去」に苛《さいな》まれるのか。

「それで随分酷《ひど》い扱いを受けたのではないかと思うよ」

「忠長様、なんだか可哀想。怨霊になるのも不思議じゃないわね……お父様、忠長様のお話も良いけれど、一つ目小僧のお話は何処へいったのですか？　まったくお話が面白いのは良いのですが、いつも全然違う話になってしまうんですから」

「いや、真魚、それが一つ目小僧の仕業になったのだよ」

「？……何がですか」

「だからお武家様が斬られた辻斬りがだよ。忠長様の怨霊が出たという話ができなくなってすぐに、あれは一つ目小僧の仕業だと皆んなで言い出したんだ」

「一つ目小僧が？」

思わず、感九郎の口から声が漏れた。

「与次郎殿、一つ目小僧が人を斬るなど聞いたことがございません」

「儂《わし》も聞いたことはないですが……しかし元々、一つ目小僧は鉄の妖《あやかし》でもありますからなあ。刀を持っていても不思議じゃない」

「鉄ですか？　一つ目小僧が？」

「鉄を作る人たちは、踏鞴《たたら》を踏みますでしょう」

勿論それは知っている。

砂鉄から鉄にするには炭火を尋常ではなく熾《おこ》さねばならぬ。

そのために足で踏む吹子《ふいご》、つまり踏鞴を踏んで風を起こすのだ。

「それで脚を痛める人が多かったそうです。さらに熾した火の様子を確かめながら仕事をしなければならないので目を悪くする者もいたとか。踏鞴場は山にありましたから、一つ目の妖は転じて『山の神』でもあるのです」

それで一つ目なのか。

「紀州《きしゅう》の方では一本だたらという一つ目一本足の妖がいるそうで、やはり山に棲《す》みますな……いやいや、踏鞴場の人たちが化け物だということではなく、町や里の衆が語る妖が実際のそういう話に影響を受けることはあると儂は思いますねえ」

「ひょっとして、針供養の日に一つ目小僧が関わっているのも針が鉄だからなのですか」

「ううん、儂はただの茶人でございますれば、人聞きだったり勝手なことだったり言うだけでよくわかりませんがね……もともと針は一つ目一本足じゃないですか」

確かにそうである。

糸を通す穴は一つ目。

針先は一本足。

「それにですね、針供養の総本山の淡嶋《あわしま》神社は少彦名命《すくなひこなのみこと》を祀《まつ》っていますが、その神様が一寸法師の元だと言われていて……一寸法師は、ほら、針を刀にしていますでしょう」

確かにそうである。

「さらに、淡嶋神社は紀州にあります……先ほどの一本だたらの語られる土地なのですよ。面白いですねえ」

一つ目小僧。豆腐。鉄。たたら場。一本足。一寸法師。紀州。一本だたら。針。そして目の多い魔除け。籠《かご》。笊《ざる》。果てはメリヤス。

「もう！　お父様。お話はいくらでも聞けるけれど、こんがらがって良くわからないですよ」

真魚の言う通りである。

「まあなあ、さっき言った通り儂もわかっているわけではないからなあ……兎《と》に角、世にわからないことが起きると、皆んなして安心したくって化け物のせいにするのだよ。そこまでも面白いが、知らずのうちにその化け物に世や人の心の裏側が出てくるとなると、儂なんかは興を惹《ひ》かれるんだなあ……いやいや、長話を失礼しました。感九郎様、ごゆっくりしていってくださいませ。真魚よ、あまり感九郎様を困らせてはいけないよ。それでは失礼いたします」

与次郎は喋《しゃべ》るだけ喋ると、軽やかな足取りで去っていった。

「もう、お父様ったら……感九郎さま、すみません」

「ん？　いや、与次郎殿は凄《すご》いお方だな」

「あのお話は全て人から聞いたものを寄せ集めただけですよ。茶会だ何だっていつも人と会ってお喋りばかりしているんですから」

「そうだとしてもなかなかあのように話せるものではない。あのような御仁が父上だというのはとても素晴らしいことだと思う」

「何を言っているんですか、感九郎さま。お父様は隙《ひま》さえあればずっと喋っているんですから。この間なんか居眠りしている時に世間話をしていたのですよ。起きてから、随分寝言を言っていましたね、と伝えたら『儂は別にいいんだが、夢とはいえあれだけの美人に話をせがまれると喋らざるを得ないのだ』とか言うから、お母様に言いつけますよ、と怒ったら、今度はにやっと笑って『それがよく見たら若い頃のお葉でな、真魚、お前のお母様は美人なのだぞ。いやあ、それから二人で熱く燃え上がってしまってな。むふふふ』とか笑っちゃって。気持ち悪いったらありゃしない」

与次郎なら言いそうな事である。

「真魚はそう言うかもしれぬが、与次郎殿のおかげで胸がすいた」

「確かにそういうことはあるかもしれませんが、コキリさんの事を考えると……」

真魚が目を落とすので、感九郎は頷《うなず》いた。

「真魚の気持ちはよくわかる。が、安心して待っていてくれ。ジュノと私で必ず連れ帰ってくるから」

それでも真魚は俯いたままで得心がいかぬようであったが、再三繰り返して言ううちにやっと顔をあげた。

「かしこまりました。旅に出る日が決まりましたら必ずお知らせください。福徳稲《ふくとく》荷で旅守《たびまも》りをいただいてきますので、お渡しします。許嫁なのですからそれくらいはさせてくださいませ」

さっぱりとした表情を浮かべてそう言うので、感九郎は安堵《あんど》して、また一つ頷いた。

第三章　感九郎、旅立つ

「さあ、ここから『五日市《いつかいち》みち』だ」

ジュノがそう声をあげ、胸いっぱいに息を吸っている。

御前から文が返ってきたのが昨日のこと、真魚と話をしてから三日が経っていた。

コキリの居場所は武蔵国《むさしのくに》は五日市宿にある大旅籠《はたご》「秋河屋《あきかわや》」の離れであることがわかり、感九郎たちは日が明けるのを待ってさっそく出立をしたのだった。

江戸の西、武蔵国五日市宿へ向かう「五日市みち」は「伊奈《いな》みち」と言われてきた。

元々は隣の伊奈宿に周辺の産物が集められていたらしいが、山に近い五日市宿に木炭をはじめとする物品の市が立って江戸に流れるようになると、それに従って「五日市みち」と呼ばれるようになったという。

そもそもが五のつく日にちにその市が立つというので「五日市」と呼ばれるよう

になったのである。

感九郎もそこまでは知っていたが、さりとて五日市宿に何か特別なものがあるとは聞いたことがない。

いったいコキリはそんなところで何をしているのだろう。

暦では梅雨も近いが雨の気配がなく、陽が差している。

感九郎は濃く藍染《あいぞめ》された袴《はかま》を穿《は》くだけで、あとは前に御前にもらった、ぐるぐるとした渦巻きだけが描かれた奇妙な紋付きの羽織を着て、普段の装束である。

「旅は良いのう」

そう言うジュノの旅姿はやはり異装だ。

いつもの紅殻縞《ベンガラじま》の着物をからげ、その代わりに股引《ももひ》きを穿いているのはまだ良いが、羽織った引き廻《まわ》し合羽《ガッパ》が藍地に細い紅白の有平縞《アルヘイじま》で、縞に縞を重ねている。

そこに大きな笠《かさ》を被《かぶ》り、自慢の独特な髷《まげ》は隠れているものの、自分で削ったという五寸ほどの楊《よう》枝《じ》を咥《くわ》えているものだから奇妙極まりない。

口を開くたびに手に持っているので面倒ではないかと思うのだが、本人は気に入っているようである。

感九郎が「いったいそれは何なのですか」と聞くと、ジュノは楊枝を指で扱《しご》きながら、ふっ、と鋭く息を吐いて吹き矢のように鋭く飛ばした。

飛んできたそれをはっしと摑《つか》むと、なんと不思議、楊枝の先に紅《あか》い花が咲いている。

さすがは人気の手妻師、能代寿之丞、見事なものである。

「あら、可愛いお花！　ジュノ様、すごい！」

「さらにご覧あれ！」

ジュノが右手で宙を指さすと、その先から勢いよく水が飛び出て弧を描き、花を濡らした。

「凄い、水芸まで！」

「ふふふ、蝦夷《えぞ》で作られた水袋を手に入れて仕込んであるのだが、調子が良いのう。これは使えそうだ」

左の脇を開け締めするジュノに真魚が無邪気に手を叩いているのを見て感九郎は額に手を当てて俯いた。

結局、真魚がついてきてしまったのである。

昨夜《ゆうべ》、急ぎの出立を知らせる文を送ったところ、例の旅守りを渡したいので出発したら日本橋に寄ってくれと返事が来て、その通りにしたのが今朝のこと。

「魚吉」の軒先の、与次郎とお葉の佇《たたず》むその間で、すっかり旅装束に身を包んだ真魚が待っていたのである。

唖然《あぜん》とした感九郎に、お葉が深々と頭を下げた。

「この度は真魚を旅に連れて行って下さるとのこと、本当にありがとうございます。最近、魚吉が繁盛しているのはよいのですが、真魚は朝から晩まで仕事に精を出して、私たちより疲れているのではと思います。良い骨休めになると思いますので、何卒《なにとぞ》よろしくお願いいたします」

それだけでも感九郎は何も言えなくなってしまったのだが、与次郎を見れば満面の笑みを浮かべている。

「『魚吉』としてもちょうど良かったのです。五日市には秋川《あきがわ》がありますでしょう。秋川といえば御用鮎《あゆ》でございますよ、感九郎様」

と、そう言うので何事かと思えば、「私ども『魚吉』としても他の魚問屋と差をつけねばいけないと思っておりましてな。海の魚ばかりでなく川の魚も扱いたいと思っていたのです。しかしせっかく扱うのであれば名物になるような格のある魚が面白うございます。そこで、真魚が五日市に行って鮎について調べてくると言い出した次第で。ご迷惑をかけてしまうかもしれませんが何卒よろしくお願いいたします」と続けた。

真魚を挟んだ二人に慇懃《いんぎん》に頭を下げられて感九郎は断れず、そのまま一緒に旅に出ることになってしまった。

「感九郎さま、怒っているのですか？」

真魚が傍に寄ってきて見上げてくる。

いつもの長股引きに露草色の小袖《こそで》を合わせているのが真魚らしい。

感九郎はため息をついた。

「……怒っているわけではない。心配しているのだ」

「『魚吉』が川魚に手を出そうとしていたのは本当なのです。今回、良い機会と思いまして」

「それはそうでも、いま一緒に行かなくてもよかろう」

「……わたしも、父も母も感九郎さまにお元気になっていただきたいのです」

「私に？」

「感九郎さまは自分が浪人になってしまわれたことをやっぱり気にしてらっしゃる。わたしがあれだけ気にする事はないと申し上げたのに……隠してもばれておりますよ」

真魚は進む方角をまっすぐ見つめている。

感九郎は否定しようとし、結局押し黙った。

それは確かにそうなのである。

自分だけでなく、真魚の人生も台無しにしてしまった。

そう思う度に、例の、首の根本に糸が絡まる感を覚える。

全て自分が悪かったのだ、と己を責め続けている。

「……私が武家でなくなったことは真魚にも、与次郎殿、お葉殿にも本当に申し訳なく思っている。表では私に良くしてくれていても、内心、残念に思っているに違いない」

「もう！　感九郎さま。怒りますよ！　わたしも、父も母も残念なんて思っていません」

真魚が眉《まゆ》を吊《つ》り上げた。

前回、同じようなことを言って感九郎から縁組を断ろうとした時には、往来で真魚に両の頬を引っ叩《ぱた》かれたのだった。

「そんなことばかり言っていると、そういう気持ちでしか感九郎さまは生きてゆけなくなってしまいます。人は自分で思い込んだ中で生きていくんですから。それはとても辛《つら》いことです」

　それはそうかもしれぬ。

　感九郎を真魚が追い越し、くるりとこちらを向くと、お守りを差し出してきた。

「約束の旅守りです。人一人の努力や心がけではどうにもできぬこともありますよ。そんな時はいつもと違うことをして気分を変えるのです。父も母も喜んでいました。感九郎さまに旅は良い。真魚も一緒に行って元気づけてきなさい、と」

「……そうだったのか」

「もちろんわたしの気持ちとしてコキリさんに会って、事情を聞いて、帰ってきてもらいたい、というのも大きいのですが……それだけではないのです」

　真魚はそう言って歩きはじめた。

「見事な女子《おなご》だのう。そして良い義父殿と義母殿だ。お主は幸せ者だ」

　いつから聞いていたのかジュノがそう声をかけてくる。

　感九郎は首筋を撫《な》でて空を見上げた。

　抜けるような五月晴れである。

「これは美味《おい》しいです！　『鮎の干物』なんて初めて食べました」

真魚が興奮の声を上げた。

目の前の膳《ぜん》には囲炉裏で焼かれた鮎が鎮座している。

「『焼き枯らし』っていって鮎を囲炉裏の上に干しておくんですよ。いまお客さんに出してるのはごく軽めに干したやつ。アタシはとれたての鮎を塩で焼いた方が美味しいと思うけれど……土地の者でもこの干物の方が好きな者は居るから好みなんでしょうねえ。もっとからからに干した鮎に熱燗《あつかん》をそそいで飲む『骨酒《こつざけ》』も人気です」

感九郎たち一行を世話してくれているのはカスミという若い仲居で、囲炉裏の炭を火箸《ひばし》で器用に並べ直している。

梅鼠色の小袖に前掛けをつけていて、歳は十五、六ほどに見えるがその手つきは随分馴《な》れていて、熟年の職人然としている。

端整な顔つきをしているが、日に灼《や》けた活発な風貌《ふうぼう》で愛嬌《あいきょう》が勝っていて、すぐに感九郎たちに馴染《なじ》んだところを見ると、客受けのする良い仲居なのだろう。

ところは五日市宿の大旅籠「秋河屋」である。

切り出した巨木を豪儀に使った贅沢《ぜいたく》な造りで、見た事がないほど天井が高い。

宿が臨む秋川は、蜻蛉《とんぼ》が飛び翡翠《かわせみ》が水へと飛び込むその様子が目に心地よい、噂通りの見事な清流で「御用鮎」が漁《と》れるのも然《さ》もありなん、という感であった。

兎にも角にもコキリが居るという離れへと案内してもらおうと思ったが、人気の宿らしく、帳場が混んでいて埒《らち》が明かない。

夕餉《ゆうげ》ならすぐに準備できるというので、まず腹ごしらえを済ますことにすると、囲炉裏がたくさんしつらえてあるこの大広間へ案内されたのだった。

他の囲炉裏にも客はいっぱいであったが、仲居の手際がよく、すぐに準備をしてくれた。

食べ始めてみれば囲炉裏で焼かれた鮎の味は圧巻であったし、水が良いのか白飯も味噌汁《みそしる》も味が見事である。

感九郎も感心するほど美味だったのだが、真魚が「鮎の珍しい食べ方はありませんか」と言い出し、さらに出てきたのが干物であった。

「いやはや、わたしも『魚吉』の娘、たいていの魚の食べ方には通じていると自分では思っておりましたが……鮎の干物がこんなに美味しいとは知りませんでした」

「しかもこれなら日持ちもする。日本橋で売るにも良いのぅ」

「ジュノ様の言う通りなのです。来た早々に仕事が片付いてしまいました」

「まだまだですぞ、マオ殿。鮎といえばこのワタの塩辛が絶品」

「確かに潤香《うるか》にも驚きです」

ジュノが「ちょっと失礼」と言って白飯に鮎の干物と潤香を載せ、茶をもらってそこに掛け回した。

「うむ……これは旨《うま》い。鮎尽くしの茶漬けとは贅沢だ」

あまりに旨そうに食べているので感九郎も真似をしてみると、唸《うな》り声が出るほどの美味しさで、瞬く間に食べ尽くしてしまった。

気づけば隣で真魚も茶漬けを作って夢中で食べている。

散々、鮎を堪能《たんのう》し、さて帳場に話をして離れに連れて行ってもらおうとすると、いまだに混雑しているとのことで、困ってしまった。

「大変申し訳ありませんねえ。いつもはこんな事ないんですが、宿の主人はここにおりませんし、うちの番頭もお役人様の相手をしているのでお客様のことが全然進まないのです」

「お役人？　宿で何かあったのか？」

ジュノが片眉をあげると、仲居は言いにくそうにしながらも、囲炉裏端へ近づいて来る。

「変な話なのですが、実は……お客様が攫《さら》われまして」

「攫われた？　このあたりには山賊でもいるのか」

「いえ……それが……話によると一つ目小僧に攫われた、と」

「一つ目小僧！」

またか、と思い、つい言葉が出た。

ジュノも面食らっている。

そのまま顎《あご》に手を当て、何かを考え始めたようなので感九郎が尻《しり》を取った。

「それまた妙な話ですね」

「ええ、そうなのですが、この宿場でも皆んな怖がって昨日から籠《かご》や笊《ざる》を飾っています」

「それは大変ですね……申し訳ないのですが、私たちはこちらの離れに行きたいのです。どうすれば良いでしょうか」

「離れですか！……実は攫われたお客様が離れのお客様で」

仲居がそう言うと、ジュノが大きな声を出した。

「なんと！……どんな客だったかご存じか」

「ご存じも何も離れに連れて行ったのはアタシです」

「男か女か？」

「女の方です」

「背は低かったか」

「小柄でしたねえ。ずいぶん痩《や》せていて」

「……髪はどうだ」

「くくっては居ましたけど、結ってませんでしたね」

感九郎は、まさか、と呟《つぶや》いた。

ジュノがこちらに目配《めくば》せをしながら訊《き》き続ける。

「どんな格好していた」

「着るものに頓着《とんちゃく》ない感じで、普段着を着崩してましたねえ」

「コキリだ！」

感九郎が小さく叫ぶと、ジュノもひと唸りした。

「あれあれ、お客様がた、ご存じなのですか」

「いや、それがしどもはその女を捜しに来たのだ」

ジュノが顎を撫でながら眉間《みけん》に皺《しわ》を寄せる。

それこそ、ご存じも何も、である。

「あら、そうなのですか。急いで帳場に知らせないと」

カスミはどこか嬉《うれ》しそうにそう言うと、居間を出ていった。

しかし、江戸でだけではおさまらず、何故ここで再びコキリが一つ目小僧に攫われているのだろう。

どういうことなのか全くわからない。

感九郎は当惑しながらも、コキリを弄《もてあそ》ぶ奇妙な命運に、どこかしら怖れを抱いた。

第四章　感九郎、山に入る

見るからに恐ろしい釣り橋が宙で揺れている。

仲居のカスミはその釣り橋の上で平気な顔をして手を振っている。

「さあ、このかずら橋を渡ればすぐに着きますよ」

感九郎は山に来たことを後悔した。

一夜明けた朝、感九郎たちは秋河屋の離れに向かっていた。

秋河屋に事情を伝えて相談したところ、一つ目小僧の件を調べる役人とともに離れに連れて行ってくれるとのことで話はまとまったのだった。

仲居のカスミが続けて感九郎たちの世話をしてくれることとなり、ここまで山道を先導してきたのである。

秋河屋の離れは山に分け入った中にあり、何処かの集落にあるわけではないそうだ。

五日市宿のはずれの、誰も気が付かないような獣道を進んだうえ、この釣り橋まで連れてこられたのだった。

ここまで、茂みを鉈《なた》で斬り払い、皆のゆく道を先導するカスミの体配りがあまりに熟《こな》れているので感心すると、「山育ちなもので」と笑みを浮かべるばかりである。

おかげで山でも一同困ることなく、ここまで来ることができた。

実に頼もしい限りだが、釣り橋はそれぞれが自分で渡らねばならない。

足元を見れば、目の眩《くら》むほど深い谷である。

さっそく真魚が「こわいこわい」などと言いながら、ずんずんと橋を進み始めた。

「お役目とはいえ……これは……如何《いかん》ともし難い」

渡る前から色を失っているのは同行してきた二階堂三蔵《にかいどうさんぞう》という三十絡みの同心である。

眼光鋭い所謂《いわゆる》二枚目風の顔を役人然と厳《いかめ》しくさせているが、小柄な体格なうえ早口で喋《しゃべ》るので、どことなく小さな動物を思わせる。

話してみればその相貌《そうぼう》や口調に拘《かか》わらずなんとも憎めぬ人柄ということがわかるが、どうやら思ったことをすべて言葉にするお喋りのようで、感九郎は興味を惹《ひ》かれていた。

その二階堂が「一歩ごとに左右に揺れて、おおっ、これは足どころか手で持っている蔦《つた》まで揺れるな、手足が大地を求めておるぞ。ああっ、いかん。また喋っておる。皆の者、失敬失敬。拙者は終《つい》ぞ口を閉じぬので、いつも与力様に叱られておるのだ。先日などは舌が災いしてとうとう禄高《ろくだか》を下げられてな。まさに舌禍とはこのこと。くわばらくわばら」などと、舌の回る落語家のように喋りながら橋にしがみついている。

厳しい顔にそぐわぬその口調に笑わせられながら感九郎が歩を進めると、二階堂が言うように一歩乗っただけで軋《きし》んで揺れる。

足元はかずらが絡むところに横板が渡されているだけで、谷底が丸見えである。手近の蔦を手に取ると、それも揺れていて心安くない。

確かに怖いな、と思いながら一歩一歩進んでいると、前をゆく二階堂が振り向いて感心したような声を上げた。

「これは見事だ。かずらを集めて太く縒《よ》った綱で橋を釣っている。というより橋自体を編み上げておる。蔦の類《たぐい》だけでここまでつくれるのはまさに人の知恵とは素晴らしい……う、あ……中程はもっと揺れる……ぬわ！　あ、いかん。また喋っておる」

怖がっていながらも二階堂の口は止まらない。

その声に誘われて自分の手で握っている蔦を見ると、確かに面白い。

一本一本はそれほど太くないかずらをたくさん集め、縒って捻《ひね》って太い綱にしているのはいつも手繰っている糸のつくりと全く一緒である。

太い細いの程度の差はあれ、こうすると強く、切れにくくなるのは同じなのだろう。

そう言われてみると釣り橋というのはよくできている。

その作り方もメリヤスではないが、糸や紐、縄を使う技法は本来的に同じようなところがある。

と、ここまで考えて気がついた。

これはあやとりに近いのではないだろうか。

あやとりに「橋」をつくる芸があるが、それもそのはず、結ばずに絡める造りはよく似ている。

古臭い橋だとばかり思っていたが、先人の知恵が詰まっているに違いない。

怖さが消えたわけではないが、感九郎の足取りは少し軽くなった。

気づけば霧雨が降っていて着物を濡《ぬ》らすなか、何とか釣り橋を渡り切り、しばらく歩くと急に木々が開けた。

その向こうを見ると、高い塀が長々と立ち並び、霧に浮かんでいる。

草木も整えられ、道も保たれているが、何処かしら凶々《まがまが》しさのようなものを感じさせるのはその古さのせいだろうか。

山あいに造られたにしてはずいぶん大きい。

外から見るかぎり、下手な武家屋敷より広く造られているように見えるが、大きな黒門がしつらえられた塀が高く、その奥にある母屋は外からは見えない。

「ここは……何だか怖いみたい」

真魚が呟《つぶや》いた。

着物にそぼ降る霧を手で払いながら、ジュノも声を潜める。

「如何様《いかさま》、遠目で見ても古いが、ずいぶんしっかりと造作されている。山の中でこうだといささか気味が悪いのう」

「人が住んでいるのでしょうか」

「この山の中で空き家だと、あっという間に朽ちてしまうぞ。おそらくは誰かはいるのだろうな」

感九郎は、なるほど、と独りごちた。

近くまで来ると、カスミは黒門を指差した。

「ここはうちの離れの隣にあるお屋敷です。下界の宿場では『山の屋敷』などと呼んでます」

そう言うところへ、二階堂が早口で割って入った。

「拙者が宿場の者に聞いた時には『マヨイガ』と呼んでおったな」

「マヨイガ？」

感九郎が繰り返すと、二階堂がぺらぺらと喋り始める。

「説話に出てくる山中異界に在る屋敷で、訪れたものには幸運と富がもたらされると言われますな。『迷う』『家』で『迷い家』と字を当てる者もおる」

「いったい何故そんなふうに呼ばれるのですか」

「この辺りには秋河屋の離れ以外にはこのお屋敷しかないようでな、里の者に聞いてみれば蘭方医や蘭学者の先生たちが密《ひそ》かに集って、禁制の薬を作って人に飲ませてみたり、お上におうかがいを立てずに腑《ふ》分けをしたりする場所だったと言っておった」

「蘭方医？」

感九郎がジュノを見やると片眉《かたまゆ》をあげている。

コキリ曰《いわ》くの「オレに人魚の肉を無理やり食わせた」久世森羅は蘭方医であった。もしや、久世やコキリがこの中にいるのではないだろうか。

慌てたようにカスミが二階堂の話を遮った。

「いえいえ、いまそのお屋敷に住んでいる人は蘭方医でも蘭学者でもありません。里の者が勝手にそう言っているだけで……うちの離れは本当に良いところなのです。このお屋敷も変な風聞がついていて困っているのです」

感九郎が頷《うなず》く前に、二階堂がまた口を開いた。

「一度、風聞がつくとなかなか、抜けぬものだ。そもそも妖《あやかし》や化け物などというのはそういった噂に憑《つ》いているようなもので、風聞なきところ妖なし、であるから、そういう意味ではここには化け物がいるというのも間違いではない」

「やめてください！　お役人様。先ほどから変なことばかり！」

「これは失敬。商いをしている者としてみたら言ってほしくないことばかりを口にしたな。こんなことだから与力様に叱られるのだ。もうここからはあまり喋らない故、許せよ」

大真面目にそんなことを言っている。

役人としては妙だが、面白い人物である。

二階堂の振る舞いに、カスミもそれ以上機嫌を悪くすることもなく、話に切りがつかぬまま一行が進もうとした時である。

不気味な咆哮《ほうこう》が、霧雨を裂くように響いてきた。

感九郎は戦慄《せんりつ》した。

あのような声は人の声ではなかろう。

手負いの獣がまるで我が身の苦しみを絞り出すために吠《ほ》えているようである。

それが塀の向こうで発せられたように聞こえてくるのだ。

あまりの異様さに一同、石のように固まってしまった。

ただ一人、カスミのみが顔を上げ、眉を顰《ひそ》めているのに感九郎は気づいた。

「これはいったい、何の声ですか」

感九郎が問うた刹那《せつな》、カスミは表情をゆるめ、にこやかに口を開いた。

「猿です。このあたりの猿は吠え声が凄《すご》いのです」

カスミがそういう間にも、その酸鼻な感を増して今一度、響く。

異様な叫びが山奥にこだまする中、カスミはまたもや眉間《みけん》に皺《しわ》を寄せ、首を振った。

そのうちにやっと咆哮がやみ、一行はすっかり無口になって進みはじめた。

せせらぎを越える丸太橋を渡りながら、上流に目をやると、まさにその「迷い家」の敷地から塀を越えて流れてくる。

それだけで、いとも怪しく見えてくるが、流れる水はあくまで清い。

「さあさ、皆様。お疲れ様でした。ここが離れでございますよう」

気を取り戻そうとするかのように、カスミが明るい声を出した。

あたりを見回して、感九郎は思わず嘆息した。

よく手入れされた林の中に、目に心地よい庵《いおり》が点々としつらえられている。

霧雨に煙る中、隠遁《いんとん》者が結んだ洒落《しゃれ》た茶室のような風格のあるそれらが浮かび上がる情景は見たことのない程の風流を感じさせる。

先ほどの「迷い家」の塀の前で感じた凶々しさは何処へ行ってしまったのだろう、と思うくらいである。

「これは幽玄ですね……話に聞く仙境、塵外《じんがい》とはこういうものかもしれませんね」

感九郎が感心していると、ジュノもひと唸《うな》りした。

真魚もあたりに目を奪われている。

不意に木々の間に様々な茂みを見つけると、やおらジュノはしゃがみ込んだ。

「これは、野草か」

「よくお分かりになりますねえ。このあたりは山の恵みが豊かで。天ぷらにして食べると美味《おい》しいものもあるんです。後でお出ししますね」

「それは楽しみだのう。これはフキか？　ギョウジャニンニクみたいなものもあるのう。こちらはセリか。あとはニラか……種類が多いな。これほどのものは見たことがない」

「向こうには畑も作ってあります。土が良いのでよく育つんですよ」

すると、カスミが指差す方でしゃがみ込んでいた作務衣《さむえ》姿の男がやってきて、感九郎たちの前に立ちはだかった。

やたらと巨《おお》きい。

ジュノを超える背丈と体格で、小山のようである。

髪はしばらく前に剃《そ》ったまま放っておいているのか、短い毛が全体に生えているから、まるで寺男の様だ。

「ムゴン、お客様ですよ！」

カスミに声をかけられると表情をにこやかにして、のろのろと頭を下げた。

「こちらはムゴン。無いに言うと書きます。山に住んでいて、うちの離れのいろんな始末をしてもらっています」

ムゴンは、何度も頭を下げている。

「ムゴンは生まれつき話すことが苦手ですが、狩りは上手《うま》いし、手も器用だから掃除させると細かいところまで綺麗《きれい》にできるし、何でもできるのです。橋を渡ったところからここまでの草刈りとかも全部やってくれます」

ムゴンは笑い続けている。

感九郎たちもそれぞれ頭を下げたが、その表情は特に変わらない。

「ほら、ムゴン、お客様たちに着替えてもらってから『戊《つちのえ》』に上がってもらうよ。おもてなしをしなくてはいけませんよ」

カスミがそう言う刹那、ムゴンはさらに笑みを深くしたようであったが、何《いず》れにせよ笑っているので差がわからぬから、見間違いかも知れぬ、と感九郎は思った。

何も言わずにのしのしと歩いて行くので、それを皆で追っていくと、着いたのはひとまわり大きい家屋である。

ムゴンひとりが中に入り、何かを始めた様で色々な音がし始めた。

カスミはそれを見届けて、また歩き始める。

「もう一人仲居がいるので、後ほど紹介させていただきますね。ここが『戊《つちのえ》』で、一番大きく、部屋も多く造られているので食事などはここに集まっていただきます。

寝間には皆さんそれぞれに庵をひと棟ずつご用意させていただきますよ」

「それは豪儀だな」

ジュノが感心した様に言う。

「いえいえ、上がればお分かりになりますが、造りが小さいのです。そこまで離れていませんので、行き来はすぐにできますから、お好きにお使いくださいませ」

「その前にさっそく一つ目小僧に攫《さら》われたという客の泊まっていたところや荷物を見たいのう。そのためにそれがしどもは来たのでな」

「わかっておりますが、雨に濡《ぬ》れたままで風邪をひいてはいけませんのでまずはお着替えを。置いてある浴衣《ゆかた》をお使い頂いてかまいません。お身体が冷えた方は野天ですが温泉も湧いております」

「それは有難いが……いや、確かにそうかのう」

そう言ってジュノが感九郎に目配《めくば》せをするので、真魚を見遣《みや》ると霧雨で随分と濡れている。

身体に障らぬうちに、皆で庵に入る運びとなった。

「皆さんはどこが良いかご希望はありませんか？」

「そんなに一つ一つ違うんですか？」

興味深げに問う真魚に、カスミが説明を始めた。

「それぞれ、趣向を凝らしてあります。『壬《みずのえ》』と『癸《みずのと》』は水で、せせらぎの近くに建てておりますので水音を楽しめますし、温泉場が他より少し近いのです。この『壬《みずのえ》』が攫われた方がお泊まりになっていた庵なので、後ほどご案内いたします。そのままにしてありますので……『甲《きのえ》』『乙《きのと》』は木で、木々に寄り添って建っています。特に『甲《きのえ》』は、このあたりで一番大きい木の太枝の上にしつらえてあって、他には無いかと」

そこまで聞いて、感九郎は口を挟んだ。

「庵それぞれに暦十干の呼び名がついているというわけですね」

「そうなんです。それまでは違う名だったらしいのですが、何代か前の秋河屋の主人が風流を好み、改名したと聞いています。上手く名付けられたなと思います」

よく「十干十二支」として語られる「十干」は、もともとは唐《から》の国より来た「陰陽五行思想」からくる考え方である。

五行、つまり自然を「木火土金水」の五つに分け、そのそれぞれに「陰」「陽」を当てはめた十種類で暦などを表現するやり方であるが、どうやらこの離れの庵一つ一つの趣向に合ったものを名付けているようである。

「『丙《ひのえ》』『丁《ひのと》』は火で、こちらは囲炉裏に趣向を凝らしております。……『己《つちのと》』は先ほどの『戊《つちのえ》』と同じく土で、造りが広く、二階建てになっています……最後の『庚《かのえ》』『辛《かのと》』は金で、少し離れた場所にあります。というのも、この二つはとても閑《しず》かな処に造ってありまして、水晶、石英がふんだんに使われていて、それはもう別格なんですが、いま『庚《かのえ》』には別のお客様がすでに入っていらっしゃいます……もしどこかお好みがあれば選んでくださいませ」

真魚が「困りました！　選べません」と頭を抱えている。

ジュノが「それではそれがしは『丙《ひのえ》』か『丁《ひのと》』にしたいのう」と言う。

おそらく寝しなに酒を飲みながら料理でもするのだろう。

二階堂は「どこでも良いですが、もし『戊《つちのえ》』に入れるのならそこで」と言うと、カスミが不思議な顔をした。

「部屋はありますが……よろしいのですか、こちらで」

「どうやらここがどの庵にも行きやすそうですからな」

カスミが、それではまずそちらへ案内させていただきましょう、とまずは二階堂を『戊《つちのえ》』に誘い入れ、すぐに出て来て今度はジュノをほど近い庵《いおり》に連れていった。

二人きりになると、真魚がこちらを見上げて問うてきた。

「感九郎さまは何処にされますか？」

「何処でも良いが……真魚が決めたらその近くの庵にしよう」

「あらつまらない」

「何故だ」

「ご一緒になればよろしいのに」

真魚が一歩近づいてくるので感九郎は、待て待て、と呟《つぶや》きながら一歩下がった。

「……まだ祝言もあげてないのだぞ」

それに、今はそれどころではない。

まずコキリを捜し出して助けなければいけないのだ。

「何を言っているんですか、感九郎さま。お父様もお母様もそのつもりで旅に出したのですよ。まさか本当に鮎《あゆ》の仕入れ先を決めるためだけにわたしを送り出したとでも思っているんですか」

「そうではないのか」

「もう！　感九郎さま。世を知らぬにも程があるというものです！」

真魚がさらに一つ歩を進めてくるのでまた下がると、背に木が当たり、これ以上は後に引けなくなった。

「ひょっとして『感九郎様を元気づけてきなさい』と言われたというのも、『励ましてこい』くらいに思われているのですか」

「……違うのか」

「なんたる朴念仁！　メリヤスに針ばかり突っ込んでるからこうなるのです！」

その言葉の勢いに、感九郎はのけぞった。

そこへ「お待たせしました！」とカスミの声が聞こえた。

声のする方を見やれば、ジュノを案内した方の森から小走りでやってくる。

「あれあれ、お邪魔でしたか」

「いやいや、そんなことはないのです。なあ真魚」

「わたしは知りません」

真魚がそっぽを向いてしまうと、カスミが頭を抱えた。

「すいません、アタシ、間が悪い女なんです。こういうことよくあって」

「ああ……私たちは『甲《きのえ》』と『乙《きのと》』にさせてもらいます」

「はい、わかりました」

俯《うつむ》き加減のカスミが真魚の荷を持ち、早足で先導して行くのに真魚をうながすと、やはり逆の方を向いて、つん、としている。

仕方がないので一人で歩き始めたが、それとなく振り返ると真魚があらぬ方を向きながら後ろについてくる。

誰も口を開かないので、気まずくて仕方がないが、ありがたいことに目当ての庵は近く、すぐに到着した。

「こちらが『甲《きのえ》』『乙《きのと》』でございます」

一目見て驚いて口が開いた。

「趣向が凝らされている」どころではない。

「乙《きのと》」は真っ直ぐに伸びる背の高い木を、ぐるりと取り囲むようにして建てられているようである。

そして「甲《きのえ》」に至っては、盆栽のような大木が低く太枝を張り出している上に建てられていて、まるで宙に浮いているかのようであった。

このような家屋は、少なくとも感九郎は、ついぞ見たことがない。

「『甲《きのえ》』は風でわずかに揺れるのが風流とおっしゃるお客さんもいます。建てた大工曰《いわ》く、二人までなら安心して過ごせるとのことです」

「それ以上は上がれないのか」

「下手をすると、庵ごと落ちると言っていました。階段梯子《ばしご》はえらく丈夫に作ってありますが、非常に揺れます。お気をつけてゆっくりとお上りくださいませ」

それはいささか剣呑《けんのん》な話だと思って真魚を見遣れば、何も言わずに「甲《きのえ》」の階段梯子を上ろうとする。

真魚に「乙《きのと》」にするよう声を出そうとして、口をつぐんだ。

こうなった真魚は、何かきっかけがあるまでは頑として応じない。

真魚を追って、荷物を担いだカスミが器用に揺れる階段梯子を上っていく。

心配で「甲《きのえ》」の樹に寄ると、古びた横長の板がかろうじてぶら下がっていて、よく見れば見事な字が彫りこんである。

「月……日……いや、旦《よあけ》？　月と夜明けか」

何の札であろうか、と思っているとカスミが戻ってきたので、感九郎は「乙《きのと》」に入ることにした。

こちらの庵の周りには特に札はかけられていない。

「アタシは『戊《つちのえ》』で食べるものの準備をして居ますから、温泉に入るときは声をかけてくださいませ」

そう言うカスミに礼を言い、庵の戸を開けると「おお」と感嘆が口をついた。

「これは見事だ……」

玄関を入ると、広めに造った一間の真ん中に広い中庭が造られていて、そこに背の高い木が生えている。

近寄って見上げると何とも不思議な光景で、数寄《すき》の極みである。

その周りの縁側に板戸をはめられるようにもなっているので、寝る時などはそうするのだろう。

小さな囲炉裏に炭が熾《おこ》されていて、湿り気が飛ばされているのもよく気が配られている。

この離れを造った人は何者なのだろうか。

そう思いながら己の着物を確かめるとやはり霧雨にあたって随分濡《ぬ》れていた。

身体も随分と冷えている。

置いてある浴衣《ゆかた》に着替えてから荷をほどいて整理をした。

囲炉裏にでも当たりながら茶でも飲むかと鉄瓶を火にかけて湯の沸くのを待っていると、ジュノが感九郎を呼ばう声が聞こえてくる。

外に出て手を振ると、こちらへとやって来た。

「おお、ここにいたか……むう、ここもやたらと風流極まっとるな」

「ジュノのところもですか」

「中を見せてもらって、結局『丁《ひのと》』にした。いますぐに数寄者相手の料理屋がひらけそうな中身だ。床の間に『心』と書いた立派な掛け軸が吊《つ》るされていてな、いかにも古いから名のある者が書いたのかもしれん。ここを造った奴は数寄者にもほどがあるな……それはそうと、ざぶっと温泉に浸《つ》からんか。雨で濡れて身体も冷えている。風邪を引いたらコキリの行方を探るどころではないからのう」

寿之丞の言うとおりである。

念のために脇差《わきざし》を手に提げ、ジュノと連れ立って「戊《つちのえ》」に行くと、カスミに居間へと通された。

「梅雨は冷えますから気をつけないといけませんよ。温泉にはつい先ほど真魚様も案内したばかりです。男湯と女湯は分かれておりますのでご安心ください」

先ほど機嫌を損ねた真魚が温泉を楽しんでいると聞き、感九郎は一安心した。

二階堂は帳面を開いて何かを書き留めている様子であったが、野天風呂《ぶろ》の話を聞くと、急に立ち上がった。

どうやら風呂に目がないらしい。

「黒瀬殿に能代殿と言ったな。拙者も同行してよいか？」

「勿論《もちろん》もちろん。『風呂は道連れ湯は情け』でござるよ」

ジュノの妙な洒落《しゃれ》に呆《あき》れていると、カスミに湯浴み用の浴衣と手拭《てぬぐ》いを渡された。

どうやら浴衣を着て湯に入る昔ながらの温泉場らしい。

そのまま連れられて外へ出ると、都合よく雨が上がっている。

温泉場はせせらぎの流れる「壬《みずのえ》」「癸《みずのと》」から木々の間を入り込む野道を行ったところにあるらしい。

「この道をしばらく行けば到着します。本当は湯殿までご案内したいのですが、昼餉《ひるげ》の支度もありますのでこちらで失礼します。ここのお湯は身体によく効きますからくれぐれも入りすぎに注意してくださいね」

それを聞いて、感九郎は心配になった。

湯屋でのんびりと入りすぎて、ひっくり返ってしまったことがあるのだ。

「ひょっとして湯あたりしやすい温泉なんですか」

「そういうわけではなく……漢方のお医者さまがよく言いますが、古来、『瞑眩《めんげん》』などといって、温泉に限らず、食事でも薬でも、体調が良くなる時にしばらく具合が悪くなるんです。身体に良いからと言って程度を過ぎると、下手すると倒れてしまうくらいだそうで、特に疲れが溜《た》まっている時は注意しなくてはいけません」

「湯治などで、身体の毒が出る、などと言うやつですなあ」

なぜか二階堂が嬉《うれ》しそうにそう言った。

「そうですそうです……それではよくお温まりくださいませ」

カスミはそう頭を下げ、戻って行った。

道の向こうに野天らしき湯気がのぼっていて、そこまで行くと岩場を挟んで広い湯だまりが見える。

ここから眺めていてもいかにも気持ちよさそうである。

そのあたりまで来て、感九郎は先ほど渡されたばかりの湯浴み着を忘れて来たことに気づいた。

雪駄《せった》を履く時に玄関に置いてそのまま出て来たようだが、浴衣を着たまま湯船に入るのだから、このままだと帰りに着るものがない。

ジュノと二階堂には先に行ってもらって、慌てて帰った。

浴衣を手に野道を走って戻ると、行く手に大きな家屋が見える。

戸を開けて中に進むとどうやら脱衣場らしきものがあるが、休憩のための広間や厨《くりや》までつくられていて家屋自体がやたらと大きい。

ようやく湯殿の木戸を見つけ、開けると大きな檜《ひのき》風呂がある。

おや、野天風呂ではないのか、と思えば向かいの壁が全て開け放たれていて木々が見える良い情景である。

どうやら「乙《きのと》」と同じで雨戸のように閉じられる造りになっているようだ。

雨雲のせいか差し込む光が暗く、よく見えない。

これまた豪勢な造りだな、と思っていると湯気の向こうに人影が見えたので、

「お待たせしました」と声をかけた。

「か、感九郎さま！」

湯殿に響いたのは思いもよらぬ声だった。

「ままま、真魚！　なぜ男湯に」

「感九郎さま、こちらは女湯です！」

真魚はこちらを振り向いて立ち上がりかけ、慌てて肩まで湯に浸かった。

浴衣を着ているとはいえ、当然の反応である。

「すまぬ、間違えた」

泡を食って湯殿から出ようとすると、真魚が湯に浸かったまま感九郎の浴衣の裾《すそ》を摑《つか》んだ。

「あ、感九郎さま……せっかくだから」

「せっかくだから？」

「もう、感九郎さま、わたしに会ったのですから少しくらいお話はないのですか！」

「しかし、ここは風呂だぞ」

「しかしもかかしもありません。少しくらい良いではないですか」

「……わかった」

「何か話をしてください」

「話といってもなあ……」

「まずは湯に浸かってください。風邪をひきますよ」

「おお……心地よいな、この湯は。全身がぴりぴりと痺《しび》れるようだ」

「感九郎さま、身体が冷えていたんですよ。大事になさらないといけません」

「……先ほどはすまなかったな、真魚」

「何を謝っているのですか」

「いや、真魚に何と言われても、与次郎殿、お葉殿にどう思われていても、私は凸橋家を召し放たれて自分が浪人になってしまったことを申し訳なく思っているのだ。私はまだ良い。たとえそれがお上の間違いであろうと、自分の為《な》した事でそうなったのだから。しかし、真魚や与次郎殿、お葉殿は、私が武家であったことに幾許《いくばく》かの期待をしていたはずなのだ。そして私は、それに応《こた》えられなくなってしまったことを後悔している」

しばらく、真魚は何も応えなかった。

ただ湯船の水面がゆらめいて、外に見える木々の間から鳥の声が聞こえるのみである。

感九郎は大きく息をつき、手で顔を拭《ぬぐ》った。

不意に、真魚が口を開く。

「感九郎さまが覚えていらっしゃるかどうか、わかりませんが……」

「……何をだ？」

「三、四年ほど前のことです。わたしが泣いて感九郎さまの家に行った日のことです」

「ああ……そんなことがあったな」

「あの時、わたしは感九郎さまと一緒になりたい、と思ったのです」

「ん？　何かあったか」

「わたしがあの時、何で泣いていたか覚えていますか」

「確か……魚売りの仕事がどうとか」

「もう、感九郎さま、覚えてないじゃないですか」

「すまぬな。確かあの時はメリヤス仕事を始めたばかりで、手袋をつくるのに躍起になっていた時だったからな。編みながら真魚の話を聞いていた」

「うふふ、そういうことは覚えているのですね」

「……すまん」

「あの時、わたしはどうしても魚の振り売りがしたくて、でも女の棒手《ぼて》振りは居なくはないですが、珍しかった。特に魚の商いはそういうことにうるさくって」

「確かにそうだな。私にはよくわからないが、特に理由もないように思える」

「わたしとしては美味《おい》しい魚を町の衆に届ける仕事がやりたかったのです。それで無理を言って『魚吉』出入りの魚屋に頼み、棒手振りになったばかりでした」

「そうだったかな」

「でも外に出れば、色々なことが難しかった。日本橋の近所はまだ良いのです。皆んな、『魚吉』の娘というだけで皆んなが『お嬢、お嬢』とちやほやしてくれる。小遣いがわりに買ってくれるのです。でもわたしはそれじゃあ嫌だった」

「その気持ちはわかるなあ」

「でしょう。もちろん、子供の頃から魚ばかり見てきたわたしが目利きしているので、『魚吉』の中でも飛び切り美味しい魚を選んでますから、そういう意味で仕事に嘘はありませんでしたが、何というか、下駄を履かせられているのでは駄目だ、と思ったんです」

「真魚は子供時分から真っ直ぐで、しっかり者だったからなあ」

「うふふ、感九郎さま、言うことがお爺《じい》さんみたい……それで、日本橋界隈《かいわい》を抜けて振り売りしてみたら、売れないどころではなく、もう酷《ひど》い目にあって」

「ああ、思い出した。たしか馬鹿にされたり、遊女扱いされたりしたと」

「そうなのです！　酷いでしょう！　わたしは美味しい魚を江戸の皆んなに食べてもらいたくて売りに行っているだけなのに、まともに相手にされない上にそんな扱いまで！　それも一箇所じゃないのです。どこに行ってもそうだったのです。それで悲しくなって、長股《ももひ》引き穿《は》いて天秤棒《てんびんぼう》担いだまま感九郎さまの家に駆け込んだんです」

「あの時は驚いたなあ。棒手振り姿の真魚を見たのは初めてだったから、随分威勢が良くって格好いいな、と思った覚えがある」

「感九郎さま、それそのまま言ったんですよ」

「そうだったか」

「わたしが玄関で泣いてたら、感九郎さまが出てきて『真魚、随分格好いいな』と大真面目な顔で言ったんです。そのまま居間に連れてかれて、焙《ほう》じ茶《ちゃ》を淹《い》れてくれて、何をするかと思えばメリヤス編みながら『最近始めた内職が面白くてな』と」

「そんなだったか。それは無粋だな」

「わたしは焙じ茶を飲みながら、あんな酷い目にあった、こんなこともあった、と一刻《いっとき》くらい喋《しゃべ》り続けて。それを感九郎さまはずっとメリヤス編みながら、そうかそうか、それはけしからんな、と」

「……それはすまなかったな。今から考えるとまともに聞いてやればよかった」

「それが不思議に、そうじゃなかったのですよ。何というか、感九郎さまが手を動かしながら聞いてくれたから、わたしも気が楽になってあれだけ話せた気がするのです」

「そういうものか」

「その後、家まで送ってくださって、帰り際に『振り売りするならまず日本橋から少しずつ売る先を広げていくといい』と言って、わたしがそれでは意味がないのです、と言うと『真魚が新しいことを切り拓けば後の者が続くのだ』と返されて、そんなものか、と納得した覚えがあります」

「……いや、武家の内職も色々言われるものだから。特に針仕事は、男のすることか、などと父に言われていたのだ……それでそんな事を言ったのかもしれんな」

「そのあと、日本橋から少しずつお得意さんを増やしたら、違う場所でも馬鹿にされることは無くなりました」

「しばらくあとで真魚が刺身を持ってきてくれたのを思い出した」

「……またコキリさんやジュノさんと皆んなで食べたいですね」

「本当にそうだな……風呂《ふろ》から出たらさっそくコキリの行方を探らなくては」

「……感九郎さま！」

真魚が急に立ち上がったので、感九郎は驚いた。

薄昏《うすぐら》い湯殿に真魚の姿が浮かび上がる。

薄い浴衣《ゆかた》が張り付いて、棒手振りで鍛えられた身体の線がよく見えた。

「ま、真魚。湯に入りなさい」

「あの時から大変な思いをするたびに、感九郎さまに『随分格好いいな』と言われた事を、何故か思い出すのです……真魚は『随分格好いい』から、やってこられたのですよ、感九郎さま！……後程、頃合いを見てわたしの庵《いおり》にいらしてくださいませ。きっとですよ」

そう言うと、湯をあがって行ってしまった。

感九郎は狐に摘《つま》まれたようにしばらく呆《ほう》けていたが、にわかにジュノや二階堂のことを思い出すと立ち上がった。


男湯はいわゆる岩風呂であった。

先ほど、離れからの野道で見えた湯だまりはこちらであろう。

ジュノと二階堂の話し声が聞こえてきて、それがまた随分と盛り上がっている。

感九郎に気づいたジュノが大声を上げた。

「おお、クロウ、遅かったのう」

「すいません、色々ありまして」

「いま二階堂殿と小豆《あずき》洗いの話で盛り上がっていたのだ」

「小豆洗いとはあの妖《あやかし》のですか」

そんな話であんなに盛り上がれるのか。

「そうそう。二階堂殿は妖、化け物の類《たぐい》に随分と詳しくてな」

「いやいや、子供の時からそういう話が好きでな。お役目に出た先でもそんなことを喋ってばかりおるが……これ以上、与力様に叱られて禄高《ろくだか》を減らされるわけにもまいらぬ。口を噤《つぐ》まねばならぬが、それで苦労しておる」

そんなことを言うのに笑わせられながら感九郎は湯に浸《つ》かったが、一方で気の逸《はや》るところもあった。

「二階堂殿、風呂から出たら調べを始められるのですか?」

「まずは一つ目小僧に攫《さら》われたという客が泊まっていた『壬《みずのえ》』の調べから始めようかと」

「もしよろしければ私も一緒に調べの場に居てよろしいでしょうか」

「むしろ、居ていただきたい。いなくなった客が黒瀬殿や能代殿の捜している方と同じ者かどうか検分してもらえると助かる」

「では早速、行きましょう」

「まてまて、来たばかりだろう。お主、少し焦っとらんか。まずはしっかり体を温めろ」

ジュノはそう言って感九郎と二階堂の会話を遮ると、両の掌《てのひら》でゆったりと顔を擦《こす》り、湯の浅いところへと身を移した。

「それがしもコキリを見つけたいと思っておる。早くこの湯に入りながら月見酒と洒落《しゃれ》込みたいしな……しかし、慌ててはならぬ」

「コキリが居なくなったのは私のせいですから」

「……？　そうかのう。彼奴《あやつ》の事情もあると思うが。お主、少し背負いすぎではないか。まずは落ち着け。急《せ》いては事を仕損じるぞ」

　そう言われて深く湯に浸かりながらも、感九郎は喉元《のどもと》に例の糸が絡んだような感を覚えていた。

第五章　感九郎、調べる

コキリの居たという「壬《みずのえ》」に到着すると、二階堂の調べが始まった。

足を踏み入れて、感九郎は絶句した。

庵の中にせせらぎが流れている。

おそらくこれがこの「壬《みずのえ》」の趣向なのだろう。

感九郎の「乙《きのと》」と似ていて、屋内を横断するような細長い中庭に縁の下から小川が流れ込む造りで、その周りを雨戸で閉められるようになっている。

部屋の端に荷物がまとめられていて、文机《ふづくえ》の上には矢立が置いてある。

小さな囲炉裏もあり、その横には膳《ぜん》が据えられている。

そして、それら意匠を台無しにするかの如く、部屋の様相が凄《すご》かった。

風呂敷《ふろしき》を始め、服や皿など、様々なものが散らばっている。

湯呑《ゆの》みが倒れ、そこからこぼれた茶がすでに乾いて染みになっている。

おそらく矢立からこぼれたであろう墨汁が飛び散り、筆も土間に放られている。

畳に墨で何かが書かれている。

慌てていたのであろうか、わかりやすい文字にはなっていない。

文机の下から一文字にさあっと伸びた線と、その先で向きを変えて、今度は短い線が描かれている。

「く」か「へ」だろうか。

攫われるのに、コキリは随分抵抗したのかも知れぬ。

そこで二階堂が畳に頭を擦り付けるように何かを見たり、様々なものを触れぬまま検分している。

ジュノは距離をとって部屋を見回していたが、呆《あき》れたような声を上げた。

「この庵も風情がありすぎる。余程の数寄者《すきもの》か、金が余っていたのだな、造った奴は」

「確かにそうですね。豪華な宿だとしても、いささかやりすぎのような気がします」

まるで、止《や》ん事《ごと》なきお方か余程の分限者のために造られたかのようである。

検分が一段落したのか、二階堂が声を上げた。

「能代殿、黒瀬殿、長らくお待たせいたした。改めてよろしく願う。まずはここに残された物を改めたい次第。ここに泊まっていた女が本当に能代殿、黒瀬殿が捜している人物かどうか、確かめねばなりませんからな」

二階堂も流石は役人、調べに入った途端に、きりっ、とさらに顔が引き締まったように思えて眼光も口調も鋭くなっている。

「二階堂殿は宿帳はご覧になられたのですか」

感九郎はそう問うた。

結局、宿場にある「秋河屋」で、感九郎たちは見せてもらえなかったのだ。

「勿論《もちろん》、目を通した。この『壬《みずのえ》』に三日前から泊まっていた客、名は霧《きり》、齢《よわい》十九の女と書いてあった」

ジュノが口を挟む。

「霧……か、おそらくコキリだろうな。いつもの『小霧』という呼び名が本当の名かどうかさえそれがしは知らぬ。もしかしたら『霧』が本当の名なのかも知れんのう」

「次に残された物の検分を一緒にお願いしたく」

感九郎もジュノも土間から上がり、口調だけでなく立ち居振る舞いまでしっかりとしたものになった二階堂の背についた。

「ああ、この矢立はコキリが気に入っていたものじゃないですか」

「あの風呂敷もそうだし、この半纏《はんてん》もいつも着ているやつだのう」

ジュノと二人であれこれ言っていると、それを逐一帳面につけていた二階堂が、

「それではこの庵《いおり》に残された物は能代殿たちが捜している女子《おなご》の荷物に間違いないか」と尋ねてくるので、二人で頷《うなず》く。

まだその行方には目当てもないが、コキリの足跡を追えただけで少しだけ感九郎の心が楽になった。

「いやいや、黒瀬殿と能代殿のおかげで助かった。攫《さら》われた者が誰なのかわかることがまず大事だからな」

「これは何と書いてあるのだと思いますか」

感九郎は畳に残された墨のところでそう聞いた。

「拙者もそれを見たが、今のところは見当がつかぬ。まずはこの霧という女が居なくなった時のことを確かめねばならぬ。次は仲居に話を聞く算段にて」

「できればこのまま同行したく存じます」

そう感九郎が請うと、二階堂は「了解した。特に拒む理由もない故」と答えた。

「壬《みずのえ》」からカスミたちが居る「戊《つちのえ》」まではすぐそこであったが、その間も二階堂は隙なく早口で喋《しゃべ》り続けた。

「さきほどの霧という女子は普段、何をしているのか」

「戯作《げさく》者と聞いています」

「ほう、戯作者……ああ、これは調べというわけでもないのだが、いや、調べになるか。何にしても拙者が能代殿と黒瀬殿のことについても知りたいのだが、お二人はどちらで何をされているのか」

「それがしは蔵前の墨長屋敷に住む手妻師でござる」

「おお、拙者は手妻、奇術の類《たぐい》には目がないのだ。ぜひこの騒動が一区切りついたら拝見したい……黒瀬殿は」

「私も処は墨長屋敷で。浪人なのですが、メリヤスや糸ものの内職をしております」

「メリヤスか。この間、お役目で長唄《ながうた》の師匠の話を聞いたのだが、歌舞伎の『めりやす』も黒瀬殿のされている方面が由来と耳にした次第」

歌舞伎の舞台で、役者の動きに合わせてその場で長くも短くもできる長唄が、

「伸び縮みする」ことから「めりやす」と呼ばれるようになったという話は感九郎も聞いたことがある。

「よくご存じですね」

「いや、そういう話が大好きでな……先だっての桜田門外《さくらだもんがい》の変で井伊《いい》大老が殺《あや》められたのも、護衛の彦根《ひこね》藩士が柄袋《つかぶくろ》をしていたせいだったと聞いた。あの時は大雪だったからな、刀の柄が濡《ぬ》れぬようにかぶせている者が多く、それを外している間にばっさりと……柄袋はメリヤスが多かったかと思うが、彦根藩士たちの中にもメリヤスの柄袋を使っていた者がいたはずだろう。メリヤスが桜田事変の片棒を担いだとも言えような。おっと失礼。メリヤスが悪いわけではないのは承知しておるが、ついこういう事を喋ってしまう。喋りすぎにも程がある」

二階堂の博識に、感九郎は舌を巻いた。

雨や雪から刀の柄を守るためにかける「柄袋」は武家の洒落《しやれ》た嗜《たしな》みとして様々な意匠で作られ、随分と流行した。

その伸縮性から「何かを包む」ことに長《た》けたメリヤスのものも随分と作られたと聞いているが、桜田門外の変の影響で武家の者たちが忌避したため、感九郎がメリヤスを編み始めた頃から柄袋を編む仕事は激減し始めているのだ。

「しかしあれだな。メリヤス、糸ものの内職をされているなら、黒瀬殿は一つ目小僧とは縁があるというわけか」

感九郎の脳裏に、与次郎との話がよぎった。

「針供養でしょうか」

「やはりご存じか……うむ、このままではまた喋りすぎるな。まずは仲居たちに話を聞かなくては。失礼つかまつりますぞ。御免」

「戊《つちのえ》」に到着したので、話が尻切《しりき》れ蜻蛉《とんぼ》になってしまった。

ジュノが「この役人は本当によく喋るのう」と耳打ちをしてきたので、いかにも、と答えた。

「戊《つちのえ》」の戸を開け、入ってみると中は随分と広く造られている。

こうなるとすでに「庵」ではなく、小さい屋敷と言えよう。

土間から二階堂が声をかけるとカスミがやってきて大きな囲炉裏のある広間に通されたのだが、茶盆を抱えた背の高い仲居を連れていた。

「こちら、ここ最近、山の離れを手伝ってくれているエマさんです」

「神社に奉納する絵馬と同じ字です。家が神主をしていたもので」

そう言って頭を下げるので、感九郎やジュノも挨拶《あいさつ》をした。

作務衣《さむえ》を着込み、前掛けをつけているのはムゴンと同じだが、役人と話すからだろうか、態度が硬い。

二階堂が二人の方へ近づき、早口で喋り始める。

「うむ、拙者は同心の二階堂三蔵と申す者、調べとはいえ、硬くなることはござらん。ただ知っている事を教えてくれれば良い。さて、『壬《みずのえ》』の霧という客のことだが、世話をしていたのはどちらかな」

すると、おどおどとしながら、エマが目を伏せたままゆっくりと手をあげた。

カスミが口を開く。

「『壬《みずのえ》』のお客様はアタシが下からここにお連れしてその日のお食事などの世話をして、そこからはエマとムゴンにまかせることにして次の日……一昨日《おととい》の朝ですね、アタシだけ山を下りました。下の店でやることがありましたので」

「下の店でやること、とな」

「他のお客様のおもてなしを」

「それでは一つ目小僧に攫われたのに気付いたのはエマ殿？　それともムゴン殿？」

するとまた、エマが目を伏せたまま手をあげる。

「なるほど。エマ殿が一つ目小僧を見たと」

二階堂はそう言いながら鼻息が荒くなっている。

「……いえ、一つ目小僧を見たわけではないのです」

「一つ目小僧は見ていない、とな。ではなぜ一つ目小僧だとわかったのか。それが問題だぞ。別に人が攫ったのでも良いはずだ。なぜわざわざ化け物が出てくるのだ。それに化け物が出てくるにしろ、他にも山に棲《す》む怪異は沢山おるぞ。山といえば天《てん》狗《ぐ》だろう。『天狗攫い』『天狗隠し』なんて言うからには、天狗の方が人攫いは上手《うま》いはずだ」

化け物に人攫いの上手い下手があるのか。

「他に山童《やまわらわ》も山姥《やまうば》もおる。ああ、まずい、また喋りすぎておる。また禄高《ろくだか》が減らされてしまいかねん……同僚にも『あやかし同心』などと揶揄《やゆ》される始末でな。今回はそれで拙者の出番となったのだが、それでも喋りすぎはいかぬ……兎《と》に角、なぜ『一つ目小僧が壬《みずのえ》の女子を攫った』とエマ殿が分かったのか、それがわからねば調べは進まぬぞ」

今回の騒動の芯《しん》を射貫《いぬ》く問いである。

「壬《みずのえ》」の客がコキリなら、江戸とこの山中で二回、一つ目小僧に攫われた、という話が出ていることになる。

一つ目小僧に攫《さら》われたなどという話が一回出るだけでも妙なのだから、偶《たま》さかというにはおかしな話なのだ。

エマは目を伏せたまま、小さい声を出した。

「……わたしは『庚《かのえ》』のお客様の仲居で……カスミさんが下におりた後は『壬《みずのえ》』のお客様はムゴンがお世話していたので……でも、一昨日の朝餉《あさげ》で」

「一昨日の朝餉とな。その時はカスミ殿は下山していたはずだな」

「そうです……この『戊《つちのえ》』で朝餉の準備をしていて、まずわたしが呼びに行った『庚《かのえ》』のお客様が召し上がられて。そのままお部屋に戻られても、『壬《みずのえ》』のお客様がやってこないのです。ムゴンが二回、呼びに行ったのですが、梨《なし》の礫《つぶて》で……それで」

二階堂が前のめりになる。

正座のままさらに前傾になろうとするので、ほぼ四つん這《ば》いである。

「それで行ってみたら一つ目小僧が攫いに来ていたというのか！」

「いえ……ですから一つ目小僧は見ていないのです」

「……失敬した。つい興奮した次第だ……話を続けよ」

二階堂が妙にしゅんとしたので、感九郎は面白く思った。

この役人は頭が良く、理が通る人物だが、ひょっとして妖《あやかし》、化け物の類《たぐい》を見たくてたまらないのではないだろうか。

エマも二階堂のことを妙に思ったらしく、目を丸くしていたが、気を取り直したようにまた口を開いた。

「それで、今度はわたしが呼びに行ったのです。ムゴンは昼の早いうちは、猪を狩ってきたり、必要なものを採ってきたりするために山へ分け入ることが多くて……庵《いおり》の戸を叩《たた》いて何度か声をかけると、中から『今から行く』と聞こえてきたので戻ってきたのですが、待てど暮らせどいらっしゃらない。もう一回呼びに行こうかと思った時に、やっといらした次第で」

「どんな格好だったか」

「この離れで用意してある浴衣《ゆかた》に、薄半纏《うすばんてん》を羽織って、髪は束ねただけで眠そうにやってきました……それで汁物をあたため直し、魚を焼いて出すと食べ始めてしばらくしても、ぼうっとしているんです。手も動かさなければ口も動かさない。こちらはゆっくり食べていただいて構わないのですが、それがまた随分長いことそうしているので、また汁物が冷めていくのです。それで『あたため直しましょうか』と聞いたら『いま冷ましていいたんだから、そのままでいい』と言って、椀《わん》を取り上げて、まるで水を飲むみたいにがぶがぶ飲んで空にして、またぼうっとしているんです。山で採れた茸《きのこ》をふんだんに使っている美味《おい》しい汁物なのに、勿体《もったい》無いったらありゃしない！」

　聞けば聞くほどコキリである。

「それで、さんざんぼうっとして、ご飯も魚も冷め切った頃に、思い出したように頰張りながら食べて一言『そうか、一つ目の奴らはもう攫ったりしねえのか』と呟《つぶや》いたのです」

　一つ目の奴ら。

　コキリの発言としては唐突である。

　皆の顔を見ると、仲居たちは特に変わっていたわけではないが、ジュノが一人、眉《まゆ》を顰《ひそ》め、仏頂面になっていた。

　二階堂が心なしか笑みを浮かべた。

「その『一つ目の奴ら』が一つ目小僧だと、エマ殿は思ったと。それは何故なのだ」

「お役人様は先ほど『人攫いといえば天狗の方が上手い』とおっしゃいました。確かに神隠しのことを『天狗隠し』とも言うのは知ってます……でもこのあたりの山では、一つ目小僧は天狗の山の神、などとも言うのです。わたしは神社育ちなので、そう言うことを耳にしながら育ってきました……ここいらでは神隠しにあった時に『一つ目小僧に連れて行かれた』と言ったりもするのです。実際、山が深いせいか、子供が神隠しに遭うことがよくあったと聞いています。『一つ目隠し』とか『一つ目攫い』とかは言わないのですが、一つ目小僧も天狗も同じようなもので、このあたりの神社で育ったわたしとしてはそれを聞いた時に、一つ目小僧のことだ、と思ったのです」

お喋《しゃべ》り、というのは伝播《でんぱ》するのか、いつの間にかエマが饒舌《じょうぜつ》になっていることに感九郎は気づいた。

二階堂は面白そうにしている。

「なるほどな。それからどうしたのだ」

「それで『一つ目小僧が人攫いするんですか』と聞いたんです。どうやらお客さん、思わずに独り言いっていたみたいで、ばつの悪い顔をしながらも『オレは一つ目小僧に攫われたんだ』と言うので、わたしが驚くと『また攫われるかもな』と真面目な顔して呟いて、さっさと『壬《みずのえ》』に帰っていっちゃったんです」

「それは面白いな！……いや、人が攫われたのに面白いは不謹慎であるな、失礼した……その後に実際に攫われてしまったのだな」

「そうなんです。仕方ないから食器を片付けて、ムゴンもわたしも仕事をはじめて……この離れは山の中にあるので手入れが大変で、お客様がいないところは毎日、軽く掃除をしなければいけないのです。ですから『壬《みずのえ》』と『庚《かのえ》』以外を掃除して……確かあれは『甲《きのえ》』を片付けている時だったと思います」

エマが喋り続けるので、カスミが茶を淹れてくれたが、感九郎は話を聞くのに没頭していて、茶どころではない。

『甲《きのえ》』はご存じのように木の上にありますから、揺れますので掃除に気をつけなければいけなくて、覚えているんです……すごい叫び声が響いたんです、なんか怒鳴っているかのような」

「どんなことを言っていたか、細かく聞こえたのか」

「そこまでは……『貴様』とか『ふざけんな』とか言っていたような」

「なるほど」

「それで、障子を開けて外を見ようとしたんですけれど、『甲《きのえ》』の片側は木で塞《ふさ》がれていまして、そこからは叫び声の方角が見えなかったんです。でも『壬《みずのえ》』のお客様だということはわかりました。女の声でしたから。それで慌てて向かおうと思ったのですが、揺れる階段梯子《ばしご》を落ちないように下りなくてはいけません」

先ほどの真魚が上っていく様子を見る限り、下りはかなり時間がかかるだろう。

「なんとか地面までたどり着いた時にはもう叫び声はしなくなって、あたりは静かになっていました。何だか怖くなったのですが、お客さんに何かあったのは間違いないですからそんなことは言ってられません。行こうとすると、ちょうどムゴンが枇杷《びわ》を籠《かご》いっぱいに入れて山から下りてきたところでした。やはり叫び声を聞いたみたいで、二人して『壬《みずのえ》』に行くと、玄関は開けっぱなしで、中は荒れ放題で酷《ひど》いことになっていて、誰もいない。慌てて辺りを捜したけれど、他の庵にも、釣り橋の方にもいない。ああ、これは攫われたんだ、一つ目小僧に攫われたんだ、と思って」

とはいえ一つ目小僧を見た者は誰もいない。

これではエマが思い込んだだけの、迂闊《うかつ》な話である。

「兎《と》に角お店に知らせないと、と思って、山のことはムゴンに任せて急いで里に下りました。お店についたところで、帳場の番頭さんに『山でお客様が一つ目小僧に攫われて』と息を切らせながら伝えると、周りの人が騒ぎ始めて、宿場中に話が広まってしまって……おかげでわたしはご主人様と番頭さんから大目玉喰《く》らっちゃって、これ以上騒ぎにならないうちに山に戻れっていわれて、蜻蛉《とんぼ》返りで山に戻って来て……あのう、わたし、お店を出されちゃうんでしょうか」

　確かにそれは店からは怒られるだろう。

　いたずらに騒ぎを大きくしたのである。

　このような場合は店の奥で主人や番頭に事情を説明して、なるべく騒ぎが大きくならないようにするのが客商売というものである。

　しかし、それに続く二階堂の物言いは意外であった。

「店を出されるかどうかはわからぬが、それで良かったと拙者は思っておる」

「そうなんですか」

「それはそうだ。『壬《みずのえ》』に泊まっていた者が居なくなったのは確かなのだ。外聞を気にして密《ひそ》かにお店に伝えて、なんてやっていたら時ばかり経ってしまう。騒ぎになって、拙者たちのような役人のところまで話が早く来ても、すでに二日もたっている。山で迷っていたらもう見つけないといけぬのだ……ところでこの辺りは熊か何か出るか。猩々《しょうじょう》でも、大猿でも、大きな獣なら何でもだ」

「熊はいると思いますが、この辺りに出るという話はあまり聞きません。猿は居ますね」

「居る！　大猿はいません。猿ですね、よく居る」

二階堂はまたがっくりと肩を落としている。

「……そうか。それではそういう獣が『壬《みずのえ》』の女を襲って咥《くわ》えたまま何処かへといったわけではないか。うむ、一つ目小僧か……ふうむ。もしエマ殿が騒ぎを大きくしたのだとしても、なぜ『壬《みずのえ》』に居た女子《おなご》が一つ目小僧の話を出したのか、それはわからぬな」

聞いていたジュノが身じろぎをした。

二階堂はそれを見ると茶を、ずっ、と啜《すす》り、腕を組んで俯《うつむ》いた。

もともと小柄なのにそうすると、更に小さくなる。

しばらくそうしていて、今度はカスミの話を聞きはじめたが、コキリを山まで連れて来たのはカスミだったものの、騒動が起きた時に山におらず、この数日山と里を行ったり来たりしていただけだから、特に得るものはなかった。

二人は仕事があると言うので、一度、下がってもらったが、二階堂はずっと腕を組んでいる。

ジュノはジュノで先ほどの話の途中からずっと眉間《みけん》に皺《しわ》を寄せて、こちらも腕を組んでいる。

様子が気になるので話しかけようとしたところ、カスミが戻って来て昼餉《ひるげ》だという。

昼時を随分すぎているようで、確かに腹は減っていた。

どうやら真魚のところにはエマが呼びにいっているようである。

『庚《かのえ》』のお客様もご一緒でよろしいでしょうか」

と言われると、二階堂が「何にしてもお話を伺いたいので、この機会に会っておきたい」ということだった。

「しかし、先に調べたことを忘れないうちにまとめておきたいので、部屋に戻ります。すぐ帰って来ますので皆さんは召し上がっていて下さい」

二階堂が居間を立ち去ると、ジュノは茶盆のところへ行き、勝手に茶を淹れはじめた。

そのうちに真魚がやって来て、「わたしの庵《いおり》、凄《すご》いのですよ」と機嫌が良かったが、感九郎の顔を見て、何をしていたのか、と問うてくる。

「コキリの行方を調べていたのだ」

「何かわかったのですか」

「コキリがここに居たということまでしかわからん」

「そうなのですね」

真魚が心配げに目を伏せた時、大きな盆を手にしたムゴンが居間にやってきた。

第六章　感九郎、師匠となる

ムゴンの手際の良さは驚くほどで、あっという間に昼餉の支度ができてしまった。

無数の猪口《ちょこ》が載っている膳《ぜん》が皆の前に据えられている。

カスミが待ちかねたように咳払《せきばら》いすると、口を開いた。

「『庚《かのえ》』のお客様をお呼びしたのですがまだいらっしゃいませんので、先に召し上がっていてくださいませ……まずは先付けでございます。猪口に入っているのはこの山で採れた山菜、野草のお通しです。いま採れる蒲公英《たんぽぽ》、車前草《おおばこ》、野蒜《のびる》などは採れたてですが、時季の外れたものは塩漬けや干したものを使っています。味も良いですが、山の恵みは薬効があってお身体にとても良いのです。お酒に合わせてもご飯に合わせても良いと思いますので、お好きに召し上がってくださいませ」

感九郎は目についた一つを取り上げて、箸《はし》をつけた。

口に運ぶと、野草の優しいほろ苦さに、ねっとりとしたたれのコクが加わりなんとも言えぬ調和である。

「黒瀬様が召し上がったのは蒲公英の胡桃和《くるみあ》えです……どのお通しもおかわりがありますからお好きなだけどうぞ」

ジュノは猪口の膳をすべておかわりして二周目に入っている。

真魚も相当気に入ったようで、幾つもお代わりをもらってご満悦である。

二人ともよく食べているが、感九郎はといえばそこからなかなか箸が進まない。

コキリの行方がわかるまでは気を張らねばならぬと思っているからなのか、この山中の不穏さにあてられたのかはわからぬが、そこまで食欲を感じられぬのだ。

「野草の鍬《くわ》焼きです。ざっと焼いて、醬油《しょうゆ》、味醂《みりん》で甘く味付けして召し上がっていただきます」

そう言ってカスミが四角い鉄鍋《てつなべ》を囲炉裏にかけると、さっそくジュノが応じた。

「む、それはまた旨《うま》そうだな。しかし、昼餉にしては随分多いのではないか」

「お調べとはいえ、せっかくここまでいらしたのですから山の幸を召し上がっていただきたいと思いまして」

カスミが笑みを浮かべながらつくった鍬焼きに、皆で舌鼓を打ちはじめると、さらに次の料理が仕立てられる。

「山菜鍋です。胡麻《ごま》と味噌《みそ》仕立てで香りの良い山菜を選んでざっと煮てさしあげます」

「山女の天ぷらです。ご一緒に野草も揚げますので召し上がってください」

「ムゴンが打った蕎麦《そば》です。自然薯《じねんじょ》とあわせてお出しします」

次から次と、まさにご馳走《ちそう》責めである。

「……これは見事だのう」

やっとのこと、という感じでジュノが口を開いた。

「それぞれの料理も凄いが、供し方が見事だ。失礼ながら、この料理や食わせ方を考えているのは主人か」

すると、カスミが顔を赤くしながらもじもじと答える。

「……ありがとうございます。この献立や出し方を考えているのは実は……アタシなんです」

「なんと、その齢《とし》でかっ！　凄《すさ》まじい才だのう。実はそれがしは食い物、料理に関わる家の出なのだが、カスミ殿のような才は見たことないぞ。いや、天晴《あっぱ》れだのう。勉強させていただいた」

ジュノが手放しで褒めている。

初耳の、ジュノの出自には驚いたが、感九郎も頷《うなず》いた。

真魚は真魚で、山女の味に感動し、野草の香りに酔っている。

確かにこれだけの味は里、町では食べられないだろう。

それは間違いない。

食欲がないと思っていながらも、感九郎の腹にある程度は収められたのもその味のおかげである。

しかし、美味も程度が過ぎていて、いったい自分は何をしにこの山までやってきたのだろうか、と思える程であるのが、何処かちぐはぐな感さえ覚えてならない。

さすがにもう料理も出なくなり、それぞれに茸《きのこ》ご飯の焼きむすびと漬物が出された時には一同、これ以上ないほどに腹を満たしていた。

「いやいや、感服仕《つかまつ》った。もう言葉も出ん……ここにある茶は淹《い》れてよいのか？ああ、それがしがやるから気にしないでくれ。少しでも身体を動かさないと腹がこなれぬ」

ジュノがそう言って湯呑《ゆの》みを並べ、茶盆から急須《きゅうす》を取り上げ器用に茶を淹れていると、音もなく障子が開いた。

エマがまた何か持ってきたか、それとも二階堂かと思って顔を上げた感九郎は目を見開いた。

思いもよらぬ人物がそこに立っていたのだ。

「ま……卍次《まんじ》」

その風貌《ふうぼう》、美かつ貴。

装いは潔にして麗。

而《しか》して心の昏《くら》さが総身から滲《にじ》み出ているのは何とも隠し切れぬ。

瞳《ひとみ》は黒いが、赤子のように澄んではおらず、ただ深い闇が映るのみ。

刀を持てば敵無し、持たずとも赤手空拳《せきしゅくうけん》で対手を薙《な》ぎ倒す無双の剣客である。

先だっての「仕組み」の標的にしてコキリに人魚の肉を食べさせたという蘭方医、久世森羅の用心棒をつとめていた。

だらりと垂れ下げた右手に、鞘《さや》に抱かれた太刀を提げている。

真魚が「役者みたいに綺麗《きれい》な人ですね」と耳打ちしてくるのを遮るように、居間に大声が響いた。

「なんだと……お主、何故こんなところにいる」

声の主は、激昂《げきこう》するのは珍しい、ジュノである。

それもそのはず、先日の「仕組み」の最中に立ち会い、体当たりで吹き飛ばされて痛手を蒙《こうむ》ったのだ。

卍次は無表情のまま暗い声を出した。

「ふん、それはこちらの台詞《せりふ》だ。貴様らこそ雁首《がんくび》揃えてこんな山の中までのこのこと、また何か企《たくら》んでいるのか」

そう言って、滑るような足取りで居間に入ってくる。

「人聞きの悪い事を言うな、それがしどもは何も企んでおらぬぞ……まあ、ここであったのも何かの縁。茶でも飲めい」

ジュノがそう言いながら、湯呑みを持ってゆらりと卍次の傍に近づき、しゃがみ込む。

そのまま膳の上に置いて起き上がるジュノの手元を見て、感九郎は刮目《かつもく》した。

驚くべきはジュノの手妻の冴《さ》え、いったいいつ奪ったのか、その手には卍次の右手に提げていた太刀が握られているではないか。

卍次本人も、む、と唸《うな》って右手と太刀をかたみがわりに見遣《みや》っている。

「貴様、何をした！」

「取るに足らない座敷の奇術芸でござるよ。まあそう慌てるな、お主ほどの剣客の得物をなおざりにはせぬ。きちんと神棚の下にこうやって据えておくから心配なきよう。ん、なんだ？……ぬわらば！」

卍次が静かに歩み寄り、慇懃《いんぎん》に刀を扱っていたジュノの腕を摑《つか》んだその時である。

刹那《せつな》、ジュノの巨体がふわりと宙に浮くと翻筋斗《もんどり》打って障子を派手に壊し、廊下に転がり出ていってしまった。

すかさず受け身をとって起き上がるジュノも見事だったが、凄まじきはその巨体をものともせず軽々と投げを打った卍次の体術である。

次の瞬間、二人は対峙《たいじ》した。

かたやジュノは巨軀《きょく》を軽やかに操って半身に構え、こなた卍次は刀を手に取って居合の姿勢を取っている。

居間の空気が粘り気を増し、泥のように重くなっていく。

感九郎は慌てて真魚を自分の背に下がらせた。

胸が詰まり、息が浅くなっていく。

そのまま暫《しば》し、まるで水底《みなそこ》にいるように圧を感じ、身じろぎもできぬ。

不意にジュノが滑るように間合いを詰めた、その途端である。卍次が倒れ込むように身を投じ、畳近くに低く刃光が閃《ひらめ》いた。

ジュノが斬られた、と思うも、巨軀の手妻師は音もなく飛び上がって避《よ》けていて、その様は羽根の如く、後には障子が桟ごと、すぽり、と両断されただけであった。卍次が立て続けに二の太刀を繰り出そうとする出端、既にジュノがその柄《つか》を握っていてぴくりとも動かぬ。

状況が膠着《こうちゃく》したかに見えたその刹那、藪《やぶ》から棒に叫び声が上がった。

「お客様！　おやめください！」

見れば、カスミが無造作にジュノと卍次の間に入りこんでいる。

それだけではない。

卍次からいとも簡単に抜き身の刀を取り上げると、柄を差し出している。

いったいどうやったのか。

「もう、ここはお客様たちが喧嘩《けんか》するところではなく、おもてなしされるところなのです！　静かに座っていてくださいよう」

ジュノも卍次も呆気《あっけ》に取られていて何も言えぬ。

しばらくそのままでいたが、再度カスミに促されると、卍次は刀を手にして鞘に納めた。

一方でムゴンがいつの間にか廊下に出ていて、障子の残骸《ざんがい》を手際よくまとめると、あっという間に持っていってしまう。

おかげで先ほどまで家屋に満ちていた重い空気が取り払われてしまい、皆んなで囲炉裏端に座り込むこととなった。

「あの仲居、何者だ。隙がなかった」

「そうだのう。身のこなしが良いとは思っておったが」

先ほどまで一戦を交えていた卍次とジュノが声を潜めてそんな話をしていると、その横で真魚が、あのう、と声を上げた。

「感九郎さま、ジュノ様、こちらはどちら様ですか」

それを聞いて、感九郎は、しまった、と額に手を当てた。

悪党どもを懲らしめるとはいえ、あまりに胡乱《うろん》な話なので、真魚には「仕組み」の話をしていないのだ。

どう取り繕うか、と迷っているうちに、話は進んでしまう。

ジュノが「マオ殿、こいつは卍次と言って敵なのだ。久世森羅というコキリの仇《かたき》の用心棒をしていたのだ」と、卍次を指差すと「俺は金をもらって仕事をしていただけだ。特に敵というわけではない」と冷たい声が返ってくる。

「何を言っている！　たった今それがしを斬ろうとしただろう！」

「あれくらい貴様は避ける」

二人が言い合って、また喧嘩が始まりそうなところへ、卍次の分の昼餉《ひるげ》を持って来たカスミが二人を睨《にら》みつけると静かになった。

真魚が感九郎に「ジュノさんと卍次さん、本当は仲が良いのですか」と耳打ちをする。

到底、頷《うなず》けたものではないので「そうかもしれぬ」などと言ってお茶を濁していると二階堂まで居間にやってきた。

「お待たせした。おや、障子がない。どうかされたか……ああ、こちらが『庚《かのえ》』に泊まりの御仁か。拙者、同心の二階堂という者。この『秋河屋』の離れには調べに参った」

「……俺は卍次という」

「卍次殿か……早速だが、卍次殿は『壬《みずのえ》』の女子《おなご》がいなくなったことは知っておるか」

「それは聞いたが、会うこともなかったからな。よくは知らん」

「なるほど。了解した。また折りを見て話を聞くかもしれん」

そんなやりとりの中、もう一つ膳《ぜん》が持ってこられると、遅れた二人の食事が始まった。

ジュノが茶を飲みながらそれを見つつ、不思議そうに口を開く。

「卍次よ、結局、何故お主はこんなところに居るのだ」

「俺は人に呼ばれたのだ、そいつもここに泊まりに来るのだと思うのだが……貴様らこそ何故」

「こちらは尋人《たずねびと》だ」

「尋人……ひょっとしてあの料理屋にいたちんちくりんの豆粒みたいな女か」

「よくわかるな」

「用心棒稼業は人を見て覚える力も必要だからな。依頼人を守るにはそういうことも大事だ……ひょっとしてあの女、ここに来たというのか」

「そのようなのだ。それがしたちはそれを追って来たというわけだ」

「……まさか攫《さら》われたというのは」

「如何様《いかさま》。随分なことに巻き込まれてそれがしどもも困っている」

ジュノが懐手をして顎《あご》をさすると、卍次も腕組みをして何事か考えに耽《ふけ》っている。

感九郎が問おうとすると、逆にそれを遮られた。

「それはそうと、黒瀬感九郎、俺はお主に会いたくてしかたがなかったぞ」

卍次は真面目な顔でそう言う。

感九郎が急に話を振られて辺りを見回すと、真魚が変な顔をしている。

「感九郎さまに会いたかったのですか？」

「そう、こんな処に呼ばれなかったら、俺は蔵前までこの黒瀬に会いに行く算段だった」

「私にですか？」

感九郎が首を傾げていると「貴様、約束を忘れたのか？」と無表情ながら怒気を含んだ声を出す。

「や、約束？」

「取引しただろう、先日、貴様らを見逃した時だ」

卍次に淡々とそう言われ、感九郎は額に手を当てて「確かに」と呟《つぶや》いた。

すっかり忘れていた。

先日の「仕組み」のさなか、奇怪な体験をしたのだ。

そもそもが、感九郎は、幼少時から身の内に感じる大きな「穴」のような虚無感を覚えていたのだが、ある時から、メリヤスを編むことで己の心の内に入り込むようになってしまったのが切っ掛けである。

そのうちに身の内にある「穴」の中に潜るようになり、そこに棲《す》む感九郎に瓜《うり》二つの者、「白装束」と出会うこととなった。

しかもそれ以来、他者の影をメリヤスのように「ほどく」ことによって、心の奥底に触れ、その過去を体験することができるようになってしまったのである。

それはいつ何時《なんどき》でもできるというわけではなく、感九郎の意のままにならず起きてしまうのだが、何人かの影をほどき、過去を垣間《かいま》見たのは確かだった。

その一人が、いま目の前に居る卍次なのだ。

しかし、そのことはあまりに胡乱な話に思えて、誰にも話してはいない。

打ち明けたとて、変に思われてしまうだけであるから、むしろ「知られてはならぬ」と固く思っていた。

そんな感九郎の胸中は露知らず、卍次は語り続ける。

「俺は貴様の力を頼みにしている」

真魚が首を傾げる。

「感九郎さまの力？　あまり腕力はお強くないと思いましたが」

これは拙《まず》い、と感九郎が浮き足立つところへ卍次がさらに口を開く。

「腕力ではない。拙者はこの黒瀬に玄妙な力を……」

「まままままま卍次どの！　その話は後でぜひ」

「何を慌てている、黒瀬。貴様のお陰であの後は良く眠れたのだ」

「『あの後よく眠れた』？」

真魚が首を傾げるのに卍次が応じる。

「そう、この黒瀬が俺の奥の方に触れてくれてな」

「奥の方に触れる！」

真魚が、はっ、としたように口に手を当てる。

何かを勘違いしているらしい。

感九郎が言葉をかけようとするも、その出端《では》を卍次に攫われてしまう。

「それでこの黒瀬にまた俺に入り込んでもらおうと思っている次第」

「感九郎さま、なんてこと！」

真魚が額に手を当ててのけぞり、足元は正座のまま後ろに倒れてしまった。

ジュノやカスミは眉《まゆ》を顰《ひそ》めてこちらを見ている。

エマにいたっては空気を読んだのか食器を片付ける体《てい》で逃げるように居間を出ていってしまう。

二階堂は話を聞きながらも、ずずっ、と茶を啜《すす》っている。

もういかん、と感九郎は立ち上がった。

「ま、ま、まん、卍次どののおっしゃるのは……そう、メリヤスの力、編み物の力でござる！　編んでいる間は自分に染みついた憂さを忘れるものでござる。やるせなさで眠れぬ日も編めば良いのでござる。まるで自分の心の奥にある水底《みなそこ》に潜るような気になるでござるよ！」

半ば叫ぶように誤魔化しを口走った。

苦し紛れもいいところ、出たとこ勝負の言い訳だったが、どうやら卍次には何かの感銘を与えたらしく、ほう、と息を吐いた。

「メリヤスとは手袋やら柄袋《つかぶくろ》やらになるあれか。黒瀬はメリヤスをやるのか」と続ける。

感九郎がこくこくと頷くと、卍次の顔が神妙になる。

「まことにメリヤスにあのような力があるのか？」

詰問するような卍次の問いに、感九郎は困惑した。

確かにメリヤスを編めば心に効く。

しかし、糸を手繰って針に引っ掛けることで、自分を悩ます物事が解決されるわけでもなければ、過去が変わるわけでもない。

ただひたすら憂さを忘れるだけである。

とはいっても、それを軽く見るものでもない。

感九郎が当初、メリヤス仕事をしている者たちから話を聞いたときは『『忘れる』だけで解決できぬのなら何ともならぬ」と考えていた。

しかし、編み始めてみると、成程、と思うようになった。

たしかに己を苛《さいな》む虚無感が消えるのは編んでいるときだけではあるが、そのような時間があるだけで日々を過ごすことが格段に楽になったのである。

それ以来、「解決できぬ悩みと共にありながら、元気に過ごせる生き方もある」と考えるようになった。

しかし、卍次の言う「力」は、正確には編み物の力ではない。

「穴」に棲んでいた「白装束」曰《いわ》く、感九郎が人の心の奥底を見るような力を得たのはメリヤスを編んでいたからこそらしいが、自分ではそれが本当なのかどうかもわからないのである。

結果、感九郎は「ええ、まあ」と歯切れの悪い返事をした。

卍次は「そうか」と一言、腕を組んで考え込んでしまった。

カスミが火箸《ひばし》で炭をいじり、ジュノが辺りを見回すように皆の顔を順に眺めていると真魚が、ふう、と息を吐きながら起き上がった。

思い詰めた顔をして感九郎の方を眺め、立ち上がった。

「……たしかに卍次様は見目麗しいから、感九郎さまの念友にはふさわしいかと存じますが、わたしにも意地がございます！　感九郎さま、江戸に戻りましたら早急にわたしと祝言をあげてくださいませ。お外でお遊びになるのは勝手ですが、このようなことがありますとわたしも身が立ちません！」

どうやら誤解したまま今の件をまったく聞いていなかったようで、覚悟を決めたようにそう言った。

「いやいやいや、真魚、どこか間違っているように思うが」

「なんですか。わたくしと夫婦《めおと》になるのがそんなにお嫌ですか！」

真魚の剣幕に感九郎がほとほと困り果てたそのとき、突然、卍次が「決めたぞ」とよく響く声を発した。

今度は何か、とそちらに目をやると、卍次が身を伏せ、両の掌《てのひら》を畳につけている。

「俺は己の過去に囚《とら》われて生きている。剣の道を極めることで克服できると聞くが、まだその境地には達しておらん。刀を鞘《さや》に納めると自分の憶《おぼ》えに苛まれる日々だ。夜も眠れぬので叶《かな》わぬが、剣を振りながら床に入るわけにもいかぬ。兎《と》にも角にも辛《つら》いのだ」

突然の独白に、感九郎も真魚も言い争いをやめて目を奪われてしまう。

なんといっても卍次の顔はいつもの能面のようではなく、切羽詰まった表情を浮かべていたのだ。

「メリヤスにそのような力があるなら是非会得したい」

卍次はさらに身一つ分下がると、慇懃《いんぎん》に座礼をした。

「黒瀬感九郎、いや、我が師よ。俺にメリヤスの編み方をご教授いただきたい」


「師匠、次はどうすれば良いか」

あれから卍次が感九郎に何度も平伏してくるので、結局、そのまま「戊《つちのえ》」の居間で教える事となった。

「師匠」と呼ばれるたび、背の辺りがむずむずする。

「『師匠』はやめていただきたいのです」

「何故だ。師匠は師匠だ。ものを教わる時に礼を尽くすのは当然のことだ」

卍次の言うことも尤《もっと》もであるが、そのように言われるとこそばゆくてたまらぬ。

昼餉《ひるげ》が終わり、二階堂が「とりあえずもう一息、今までの調べをまとめますので、そこからまた再開しましょう」というので、一同、散会となった。

真魚はまた機嫌を損ねて自分の庵《いおり》に帰ってしまい、ジュノも「辺りを散歩しながら調べてくる」と出ていってしまった。

「仕組み」の時に取引をしたことは間違いがない以上、平伏した卍次を独りで居間に残すわけにもいかぬ。

致し方なく、感九郎は「乙《きのと》」から編み針と糸とを取ってくると編み方を教え始めたのだった。

旅先であるから編み針は一組しかなかったので、カスミに火箸を二本借り、感九郎はそれで編み方を見せることにした。

太いし編みにくいが、教えるには不足なくできそうである。

卍次は糸の扱いに難儀しているが、さすがは剣術の手練《てだ》れ、身体を動かすことには慣れているようで飲み込みは早い。

少々難しい編み始めだけは感九郎が作ってしまい、卍次に渡して手ほどきをしたばかりだが、基本の編み方はすでにできているから見事なものだ。

左手の鉄針にかかった幾つもの糸の輪へ、順々に右手の針を差し込んでいく動作が見ているうちにも熟《こな》れていく。

「どんなに難しい技に見えても、糸の輪に針を入れて糸を引っ張ってくるだけだと思ってください。とにかく力を抜くことが肝要です」

「むう、糸は刀を扱うのと同じにはいかんな」

「何事も馴《な》れです。先ほど始めたばかりでここまで編めれば大したもの」

「なに、まだまだ。こうなったら徹底的に師匠がメリヤスを編む時の立ち居振る舞いを真似させてもらうぞ」

そこから暫《しば》し、卍次は無言で木綿糸を手繰り始めたので感九郎は敢《あ》えて何も言わずに自分も編み針代わりの火箸を手に取った。

やはり編みにくいが、これもまた経験だと思えば面白い。

見れば、卍次は有言実行、感九郎の振る舞いを、ため息ひとつまでいちいち真似して編んでいる。

剣術などもそのように身につけていくものなのか、と逆に感心したが、今は卍次のためにも集中して手を動かさねばなるまい。

そうやって編み始めて間も無く、余計なことが頭の中から消えていった。

糸を手繰り、編み目に針を差し込む事に集中すればするほど、胸の内は凪《な》いでいく。

メリヤスが心に効くのは確かなのだ。

しばらく、居間にはゆったりとした時間が流れる中、二人で編んでいると、不意に卍次が大きく息を吐いた。

「いやいや、ここまで気を集めるとは思わなかった。無念無想、明鏡止水の境地というのはかくあらん」

そう呟《つぶや》くと、鉄針にぶらさがった掌半分の大きさの編み地を眺め、おお、と声を上げた。

「……自分の為《な》したことが逐一、形になることにここまで感銘を受けるとは思わなかった」

感九郎は手を止め、頷《うなず》いた。

「そうなのです。私も自分で編んだものを見返すのは好きです」

「俺も色々やってきたのだが……たとえば剣術などは自分で為したこと、身につけたことがなかなか目に見えん。馴れれば修練の功を成す体感はあるが、はっきりとは解りにくい。それがメリヤスだと、己の為したことが、為した分だけ目に見える形としてできあがる。自分のしたことが見えるというのは良いものだな」

「ものをつくるという事はそういうことかと」

「それもそうだが……いや、俺は仏像も彫れば書も書くのだが、こういうわけにはいかん。仏像の形が見えてくるのは彫り上がる直前で、それまではあたりをとっていくしかない。書に至っては剣術と似ていて、瞬間の勝負だ……一方、メリヤスは一目一目の積み重ねが目に見える。それだけでこんな気持ちになるものなのか」

図らずも卍次は随分と気に入ったようである。

一段落ついたので、メリヤス教授を終えようとすると、卍次は無表情ながらまだ編みたそうな顔をしていたので、感九郎の編み針を渡すことにした。

仕事道具であるから一瞬悩んだが、剣の手練れの卍次が、道具を粗末に扱うことはないだろう。

ついでに糸の入った風呂敷《ふろしき》包みも共に渡すと卍次は思った以上に喜んでいた。

「これで眠れるとも限らんだろうが、時を使えるのは良いな。ずっと刀を振っているわけにもいかぬので、これは良い」

「こちらの風呂敷にはたしか絹の細い糸も入っているはずですが、それを編むときは気をつけてください。思うように編めないうえ、針からすぐに滑り落ちます。編みにくくて私でも叫び出したくなる程なのです……もしそれを編むのなら気楽にやってみてください。メリヤスは苛々《いらいら》するとうまくいきませんから、身体を動かすなどして気分を変えるのが良いかと」

それを聞くと、卍次は、「師匠でもか。では心して編まねばならぬな」と言って出ていった。

すると入れ違いで居間にやって来たのは二階堂である。

どうやらまた調べに出るらしく、その誘いであった。

「良ければ黒瀬殿もいかがかな。次は例の『迷い家』を訪ねようかと思っておるが」

「あの怪しい屋敷ですか」

感九郎は背に冷たいものを感じた。

心して向かわねばならないだろう。

そう思いながら感九郎はジュノを呼ぶために立ち上がった。

第七章　感九郎、呪われる

霧雨が降っていて仄昏《ほのぐら》い。

「しかし、あの屋敷も古いのぅ」

ジュノはいつもの紅殻縞《ベンガラじま》の長着を着流して、笠《かさ》をかぶっている。

「何だか怖いですよね。こんな山の中にいったい何で建てたんでしょうね」

こちらは傘を差した真魚が笑みを浮かべて呟く。

あれから外に出ると、散策をしている真魚にばったりと会った。

二階堂の調べで「迷い家」に行くことを知ると、一も二もなく自分も行くと言いだし、ついてきてしまった。

「それを今から調べに行こうという心算《こころづもり》で」

二階堂は手持ちの傘を振り振り、応《いら》えを返した。

一行には他にも仲居のエマが加わっている。

どうやら「迷い家」の主人に、敷地内の一部の掃除をエマやムゴンが頼まれているらしく、ある程度のところまでは許しがなくても入れるらしい。

二階堂はそれを知ると、主人に会う前に一度、入れるところまで調べたいとのことであった。

挙句、このような一行で「迷い家」へと足を踏み入れることになったのだった。

「エマ殿はあの屋敷について何か知っているのでしょう？」

感九郎がそう声をかけると、エマは振り向いて首を振った。

「わたしは本当に最近になって秋河屋で働き始めたので、知らないんです。ただ、やることを聞いているだけで」

「そうなのですか」

「でも、入ればわたしが雇われた意味がおわかりになるかと思います」

と、それ以上は何も言わずにさっさと進んでいってしまう。

広大な敷地を取り囲む板塀は古びているが頑丈な造りで、破れているところもない。

裏まで回れば別の門があるのかもしれぬが、見渡す限りは他に入り口はない。

門は墨で塗られたように黒く染められてはいるが、時が経っているのが一目でわかる。

札の類《たぐい》は一切出ていない。

門扉も脇戸も閉ざされている。

もちろんのこと、板塀も乗り越えるのに一苦労しなければならぬ高さにつくられている。

塀に沿って歩いてみてすぐわかったが、敷地の裏は傾斜の急な山になっていて、そちらからは入れぬようである。

エマは黒門のところまで進み、脇戸を開けると感九郎たちを手招きした。

「鍵《かぎ》も門番もなしか」

「こんな山奥では盗みに入る者もいないと。さすがに屋敷の方には戸締りをしているみたいですが、蔵の鍵はわたしも使えるようになっています……とにかく入りましょう」

ジュノが、むう、と呻《うめ》きながら身を屈《かが》めて中へと入り込むので、感九郎、真魚も続く。

敷地へ足を踏み入れ、顔を上げて驚いた。

真魚が息を呑《の》む。

ジュノも隣で呆然《ぼうぜん》としているが、どこかおかしい。

いつもより動きが鈍いようである。

二階堂ひとりが「おお、なるほど。こうなっておるか」と口を開いた。

広大な敷地である。

しかしそれだけではない。

目の前の光景が思っていたものと全く違うのだ。

屋敷はたしかにあった。

えらく大きな古びた屋敷だ。

しかし、それは門の正面にはない。

敷地の右側に寄っている。

代わりに中心にあるのは、大きな古びた鳥居である。

紅《あか》く塗られているが、ところどころ禿《は》げている。

鳥居の向こうにあるのは拝殿、その奥は本殿だろうか、その周りを木々が取り囲んでいる。

何処かで鴉《からす》が、かあ、と鳴いた。

「いやあ、これは立派だ」

「神社ですか……」

二階堂の言葉に感九郎が応《こた》えると、ジュノはたどたどしい足取りで鳥居へ近づいていく。

鳥居も、参道も古びていて、なんだか凶々《まがまが》しい。

そのわりには雑草も取られ、枯葉も掃かれているところを見ると、人の手が入っているのだろう。

ジュノがふらふらと進んでいくので、感九郎も恐る恐るついていく。

ただ恐ろしいのではない。

何と言うべきか、どうも自分たちが思っている処と違うような、どこか掛け違ってしまったような感がする。

それだけといえば、ただそれだけなのだが、何かしらの狂気や異界を感じさせるのだ。

「妙ですね」

「山の中に神社があるのはさして不思議ではないが、これは……言うなれば、ちぐはぐだ。周りを検分せねばなるまいな」

二階堂はそう言うと、栗鼠《りす》のように小走りであちらこちらを回り始めてしまった。

言う通りである。

確かに山中でも人さえ住んでいれば神社仏閣の類は作られる。

特に寺は山号が必ずついているほどだから、山とはむしろ相性が良い。

カスミの話だとこの屋敷の持ち主が誰かいるとのこと、ムゴンというあの下男はこの山に住んでいるようであるし、もしかしたら他に住む者もいるのかもしれぬ。

しかしである。

カスミはここを「お屋敷」と言っていた。

二階堂いわく下界の宿場に住む者たちにいたっては「迷い家」と呼んでいるらしい。

決して神社とは呼ばれないここに、なぜこのような立派な社があるのだろうか。

「このお社があるので、神社育ちのわたしが秋河屋に奉公できているのではないかと思っています」

門の近くにある小さな番所から箒《ほうき》と鍵束を持ち出したエマがそう言うのを聞いて、ジュノが首を傾げた。

「それもおかしな話だのう。この神社のために秋河屋がエマ殿を店に置くのは変に思える」

「わたしも最初はそう思ったのです。どうやら元々、この屋敷か秋河屋かに神社についてよく知った人が居たらしいのですが、時を経て居なくなってしまったようで……とりあえず秋河屋が用意したのがわたしのようなのです。境内を清めるだけでなく、拝殿を整えたり、蔵を開けて風を通したりも任されています」

「いったい何が祀《まつ》られているのかのう」

「後ほど、一緒に拝殿にうかがいましょう。まずはここの掃除をせねばなりませんので」

エマはそう言って辺りを掃き清め始めた。

拝殿に向かって右手には例の大きな家屋があるが、左手にはこれまた古びた大きな蔵が一つと、小さい蔵が幾つか建てられている。

あの蔵には何が入っているのだろうか。

そう思っているうちに拝殿に着いた。

やはり破れてはおらず、人の手が入っているが、社頭の大鈴も、そこから延びる綱も、えらく古びている。

二階堂も方々を見るのに飽いたのか、こちらへと戻ってきた。

「拝殿もえらく古いな」

おそらくは神社の祀る神が書かれていたはずの札も古すぎて読み難《にく》い。感九郎が眺めてみると、やはりところどころしか読めないが、それでも幾つかは文字が拾えた。

隣で真魚が何かを見つけたように指差している。

「……福……あれ、これは『徐福《じょふく》』と書いてあるのではないですか」

それを聞くと二階堂が身を乗り出した。

「うむ、確かに徐福だ。あの不老不死の徐福」

「不老不死！」

感九郎は思わず声を上げた。

コキリの行方を捜している先に不老不死の何らかを祀る神社があるのは偶然ではあるまい。

「熊野《くまの》の方だけでなく富士山《ふじさん》周りにも徐福伝説は多いが……こんなところに徐福を祀る神社があるとは聞いたことがない。何らかの理由で失伝したか、それとも誰かが勝手に作ったのか」

「徐福か……確か唐からやってきた占い師だか医者だかだったと思うが、残念ながらそれがしは詳しくないのう」

ジュノが身体を傾けながらそう呟《つぶや》くと、二階堂が水を得た魚《うお》のように喋《しゃべ》り始めた。

「秦《しん》の始皇帝《しこうてい》の命を受けて、長生不老の霊薬を得に東方の三神山《さんしんざん》へ旅した方士の名だ。方士というのは昔々の陰陽師《おんみようじ》とか山伏みたいなものだと思っていれば間違いない。呪《まじな》いから風水から占いからなにから全部やった、空海《くうかい》の師匠の先祖みたいなものだ。おっと、また喋り過ぎておる。くわばらくわばら」

とにかく不老不死に関わる偉い人なのだろう。

「うむ、しかし何故この神社は建てられたのだ。徐福を祀る意味があるに違いないのだが」

二階堂はそう呟きながらあたりを見回っている。

「しかし、やはりつくりが変わってますね。賽銭《さいせん》箱もありません」

真魚がそう言ってジュノと二人、拝殿の格子戸のところまで進んでいく。

「あれ……ここは入れるのでしょうか……開きませんね」

真魚が揺らしている格子戸へ、ジュノが手を伸ばすと、軋《きし》み音を立てながら開いてしまった。

見れば、古びた貼り札で封じていたようで、それが破れている。

「あ、そこを開けてしまったのですか！」

背後でエマが小さく叫んだ。

振り返ると、顔を青くしている。

「まずかったかのう」とジュノが心配げな声を出す。

なんだか元気がない。

真魚も当惑している。

「わかりませんが……その格子戸は開けてはいけない、と言われているのです。掃除する時は裏から入るようにと。拝殿に入って何かする時にはきちんと神道の決まりを守ること、と。そのためにわたしが雇われたのだと言われました」

エマのそう言うのを聞きながら拝殿を覗《のぞ》き込むと、暗く、ぬめりとした空気に満ちていてどこか不穏である。

「困りましたね。勝手に新しい封を貼るわけにもいきませんし……あとでカスミさんに話してこの屋敷の主人に聞いてもらわねばいけません……わたしは蔵を開けて軽く清めてきます」

エマがそう言い残して行ってしまうと、入れ替わりに二階堂がやってきた。

「ああ、開けてしまったのか……おお、封も剥《は》がれて切れておる」

「祟《たた》りか何かあるかのう」

ジュノは心細そうだ。

真魚も心配げに見ていると、二階堂が相貌《そうぼう》をさらに厳しくした。

「祟りか……あるやもな」

「あるのですか！」

感九郎が思わず声を上げた。

「あるな。もう気にしてるだろう？　この後なんでも悪いことが起きたら『あの札を剝がしたからだ』となるかもしれん。それが祟りだ」

「それは思い込みじゃないですか」

「そう言えばそうなのだが、人というのはすぐに思い込むものだからな。人は己の来し方、過去で気になっていることのせいにしてしまう」

それはそうかもしれぬ。

「ただ、物事というのはそうやって納得して解決できるとは限らんでな。そういう『人の理《ことわり》』など通じないから呪いだの祟りだのいうのだ」

にわかに、あたりが昏《くら》くなった。

さあっ、と篠突《しのつ》く雨に変わり、あっという間に土砂降りになる。

「これはいかん。ここまで降ると傘があっても、ずぶ濡《ぬ》れになってしまう。急いで離れに戻らねば」

二階堂は言うが早いか駆け出した。

エマも雨に気づいたのか、蔵の錠前を閉めている。

感九郎もジュノを促そうと振り返れば、巨軀《きょく》を持て余したようにおぼつかぬ足取りで歩いていく。

真魚も心なしかぼうっとしている。

おかしくは思ったが、取り急ぎ雨をよけるために二人と共に離れへと戻った。


どうも活気のないジュノを「丁《ひのと》」まで送り、真魚と二人で庵《いおり》へと足を向けた。

真魚は黙ったままだ。

豪雨の中「甲《きのえ》」の階段梯子《ばしご》を上らせるのも危ういので、「乙《きのと》」に連れ帰ることにした。

温泉で話した時、逢瀬《おうせ》の約束をしたのを思い出し、感九郎は途端に心が強張《こわば》った。

が、今から逃げ出すわけにも行かぬ。

ある種の覚悟をして戸を開けた。

庵に入ると浴衣《ゆかた》の着替えが用意されていたが、それは真魚に使わせることにして、衣桁《いこう》にかけられていた自分の着物を持ち、土間で着替えた。

「真魚……真魚、入って良いか」

襖《ふすま》越しに声をかけると応答がない。

ゆっくりと開けると、着替え終えた真魚が囲炉裏端に座っている。

いつものまっすぐとした、軸の通った座り方ではなく、しなだれるように、斜めに座っている。

「上がるぞ」

そう声をかけて、部屋に上がった。

やはり応《いら》えはない。

開け放たれた雨戸から宵闇が入り込み、行灯《あんどん》ひとつに照らされて、真魚の姿は幽玄に浮かび上がっている。

ゆっくりと真魚に近づいていくと、濃密な気にとりまかれるようで、傍まで行くと心なしか熱い。

鼓動が高鳴る。

しなだれている真魚のそばにしゃがみ込み、肩を抱くと身体が火照っている。

「……感九郎さま」

真魚の瞳《ひとみ》が潤んでいる。

刹那《せつな》、真魚が倒れ込むように感九郎に抱きつく。

これはまた大胆な、と感九郎は思ったが、どうやらそうではないらしい。

真魚は感九郎にしがみつくことすらできず、ずるずると畳に伏してしまった。

何かおかしい。

額に手を当ててると熱がある。

「真魚、大丈夫か？」

「感九郎さま……熱くて……たまりません」

そういう息も絶え絶えである。

これはまずい、と畳の上に敷いてある布団に横たえ、水桶《みずおけ》で手ぬぐいを濡らして真魚の額を冷やす。

「真魚、少し待っていてくれ。すぐに戻るから」

そう言い残して庵を出て、急いでジュノの居る「丁《ひのと》」へと向かった。

感九郎が濡れながら「丁《ひのと》」の戸を開け、「ジュノ！」と声をかけると、こちらは畳の上でうつ伏せになって倒れている。

慌ててそばに寄って体を揺さぶると、「クロウか……」とか細い声を出す。

いつもの低く、聞くものの腹に響くような声ではない。

「だるくて動けぬのだ……目も開かぬ……」

そう言って身じろぎもしない。

額に手を当てると、やはり熱い。

感九郎は顔を青くした。

「迷い家」の神社で封を破ってしまったのがやはりいけなかったのだろうか。

ジュノが何事かを呟《つぶや》いている。

耳を近づけると、魘《うな》されるように「一つ目」「毒を盛られた」「迂闊《うかつ》だった」などと口走っている。

ジュノの身を起こして水を飲ませると、我に返ったものの、しかしやはりか細い声で話し始めた。

「……クロウ……聞こえるか」

「無理はしないでください」

「マオ殿は大丈夫か……」

「……真魚も倒れています」

「ぬう……やはり、そうか……すまぬ。もっと早くに話しておかねばならなかった

「……」

ジュノは何かを悔いている。

「いったい何のことですか」

「……クロウにも加わってもらった『仕組み』の標的が『組織』の悪党であることは話しただろう」

感九郎は頷《うなず》いた。

北から南まで多くの輩《やから》が与《くみ》し、悪事を働き続ける謎の一党、『組織』。

幕府の上層とも繫《つな》がりながらも、人口に膾炙《かいしゃ》しないままひっそりと力を伸ばしている、と先日の『仕組み』の際に話を聞いていた。

「実はその『組織』にはきちんと名前があるのだ……悪党たちにとっては名が知れぬ方が都合が良いのは当たり前……ほとんどの場合『組織』で事足りるし、一種の符牒《ふちょう》のようにその呼び名が使われているのは間違いないのだが、一方で自分たちでつけたれっきとした名前があるのだ」

そのような話は聞いていない。

てっきり「組織」という名だとばかり思っていたのだ。

感九郎の様子を見て、ジュノは首を振った。

「すまん……お主を深入りさせたくなかったのだ……『仕組み』を手伝ってもらったとはいえ、それがしやコキリのようにずっと関わるとは思えんでな」

巻き込んだ当人が言う事ではないが、それなりに気を遣ってくれていたのだろう。

半ば呆《あき》れたが、『組織』の名がいったい何だというのだろう。

「その名前がどうかしたのですか」

「それがなあ……組織は『イチモクレン』というのだ」

「イチモクレン」

「一つ目の連中と書いて『一目連』だ」

「一つ目ですか！」

「そうなのだ。だからコキリが言った『一つ目の奴ら』とは『一目連』のことではないか、と思うのだ」

確かに、コキリが一つ目小僧に攫《さら》われた、という話を聞くたびに、ジュノが妙な反応をしたわけがやっとわかった。

「それは……まずくありませんか。つまり、コキリは敵に囚《とら》われているということではないですか」

「そうなのだ……江戸を出る前に一つ目小僧が乱津可不可を攫ったという話を聞い

た時には、そんなこともあるまい、と高を括《くく》っていたのだが、ここにきてその読みが甘かったと思い直した。コキリが関係している『一つ目小僧』は『一目連』に違いないのだ……そして、おそらく、それがしたちもすでに敵の手中におちている」

感九郎は刮目《かつもく》した。

「そんな……」

「この山中は奴らの縄張りかもしれぬ……いや、この離れだけではなく、『秋河屋』に『一目連』の息がかかっているかもしれぬのだ」

突飛な話に聞こえる。

「それならば、ここにコキリが来ていたのは偶然としてはおかしくはないですか」

「……それは逆なのだ。コキリは自分に人魚の肉を食わせた久世に会いに来たのかもしれぬ。久世は『一目連』の蘭方医だ」

確かにそれはそうだが、しかし。

「そうだとしても敵の中に飛び込むようなことをコキリがするとは思えないのですが……それに、久世がここにいると、なぜコキリが思ったのか、それもわかりません」

「……そこに関してはお主のいうとおりだが……『一つ目小僧に攫われた』という

のが『一目連に攫われた』ということだとそれがしは思うのだ」

コキリが自分でここまで来たのではなく、攫われた、ということなのだろうか。

しかし、それなら墨長屋敷に書き置きが残されるのは変であるし、この離れの「壬《みずのえ》」に泊まっていた様子からしても、自分でここまでやってきたように思える。

ジュノは軽く咳《せ》き込み、話し続けた。

「……細かいところは確かに分からんのだが……おそらくそれがしたちは先ほどの昼餉《ひるげ》で毒を盛られている」

「……！」

毒か。

「迷い家」の呪いではないのか。

そう思って我が身を顧みてみれば、感九郎も怠《だる》さがあり、身体が熱い。

がしかし、ジュノや真魚のようにはなっていない。

食欲がなく、あまり食べなかったことが良かったのか、それともたまたま口にしなかったものに毒が含まれていたのか。

「ここに来た時に……野草を見たのを覚えているか」

「畑の隣にたくさん生えていましたね」

「……ここの畑に生えている野草、いま考えれば毒のあるものが多かったかも知れぬ。フキノトウ、ギョウジャニンニク、セリ、ニラに見えたが、それぞれ毒草のハシリドコロ、バイケイソウ、ドクゼリ、スイセンに似ているのだ」

「随分詳しいですね」

「それがしの家は城内で料理に関わるお役目についておってな……食える野草に似た毒草があるので気をつけなくてはならぬ、と覚えさせられたのだ……先ほどわからなかったのが、いまとなっては悔やまれる」

そう話すのがさらに辛《つら》そうになってきたので、手ぬぐいを濡《ぬ》らし、ジュノの額に当てた。

この状況が「迷い家」の呪いなのか、「一目連」に仕掛けられているのか、それとも別の何かなのか、感九郎には見当もつかない。

とにかく一度、できるだけ早くこの山から出た方が良い。

コキリのことは心配だが、このままでいると全滅もしかねない。

卍次はもともと組織「一目連」に雇われていた用心棒であるし、腕も立つ。

二階堂は心配であるが、役人であるし、「戊《つちのえ》」に居るから、何かを伝えに行くとカスミたちに勘付かれるかも知れぬ。

ジュノの話を考えれば、カスミたちは「一目連」に与する者なのかもしれない。二人を置いていくのは憚《はばか》られるが、早く山を下り、役人に伝えるか、態勢を立て直してからコキリを奪還すべく戻って来た方が良い。

感九郎はそう考え、準備を始めた。

まず真魚を「乙《きのと》」から連れてこねばならぬ。

難儀ではあったが、真魚に肩を貸しながら「丁《ひのと》」に戻った。

真魚に身を委《ゆだ》ねられながら、さらにジュノの巨軀《きょく》に肩を貸すことはできないので、庵《いおり》の外に倒れていた木切れを杖《つえ》の代わりに渡し、何とか自分で身体を支えてもらいながらここに来た山道へと向かった。

一同、濡れ鼠である。

果たして、このまま夜の山道を下っていけるのかもわからぬ。

しかしあのまま離れにいたのでは、皆殺しの憂き目に遭うやも知れぬ。

前門の虎、後門の狼、とはまさにこの事である。

行けるところまで行くしかない。

昼間に見た野草の茂みが実は毒草だったとわかると、その叢《くさむら》さえ凶々《まがまが》しく見える。

丸太橋を渡って「迷い家」の塀を見ながら歩く。

この結界の向こうに祀《まつ》られている神が自分たちに怒り、祟《たた》っているのか。
黒き門が、感九郎を圧迫する。
皆で脚を引き摺《ず》っているので遅々として進まない。
真魚の身体が熱いほど火照っている。
ジュノは今にも倒れそうだ。
命からがらにかずら橋へと着いたとき、絶望が感九郎を打ち砕いた。
釣り橋は落ちていた。
自分たちは山に閉じ込められた。
そして、感九郎もジュノも、真魚も、泥濘《でいねい》に倒れた。
目のほとんど利かぬなか、最後に動くものが見えた。
一つ目小僧か。
一本だたらか。
それとも、怒りに満ちた神か。
感九郎は卒倒した。

第八章　感九郎、怒られる

夢を見た。

感九郎は身の内にあいた深い「穴」を下りていく。
底には檻《おり》があり、白装束を着たもう一人の自分が閉じ込められている。
話を聞くと、どうやら閉じ込めているのは感九郎自身らしい。
檻を開《ひら》け、と言うから白装束を出してやる。
白装束が指差すので振り向くと、今度は大きな籠《かご》が自分たちを閉じ込めている。
——出ても出ても、人は閉じ込められているのだ。
白装束は不敵な笑みを浮かべ、そう嘯《うそぶ》く。
いつのまにか、感九郎は幼くなっている。
それだけではない。

何故か感九郎の父母までいて、口喧嘩《くちげんか》をしている。

その不仲は己のせいのように思える。

いや、不和がある以上、自分のせいなのだ。

悪いことが起きるのはすべて己がいけないのだ。

そのうちに気がつくと、十歳程になっていて、剣術道場で他の子どもたちと共に木刀で素振りをしている。

何回か振った頃、感九郎の隣の子どもたちが木刀が身体に当たった当たってない、という些細《ささい》なことで口論を始める。

途端に、感九郎は喉《のど》に糸が絡まる感を覚え、自分が隣に寄り過ぎていたからいざこざが起こったと思い始める。

口争いが激しくなり、摑《つか》み合いとなった頃、奥から道場主が出てきて二人を叱り始める。

それを聞いているうちに、二人が道場主に怒られているのは自分のせいなのだという罪悪の念に苛《さいな》まれる。

堪《たま》らずに「私が悪かったのです。すいません」と謝り始めると、揉《も》めている二人も、道場主も唖然《あぜん》とし、場が白けたようになる。

そうなったのも自分のせいだと思い、感九郎は肩身を狭くして俯《うつむ》いてしまう。

そこで目を覚ました。

先日の「仕組み」のなかで体験した「白装束」とのやり取りは、夢か現《うつつ》かわからないものであった。

ひどく奇怪《きっかい》で気味悪くはあったのだが、自分の心の奥底と出会う稀有《けう》な体験であったことは間違いない。

感九郎は寝返りを打った。

障子から薄い陽光が差しているところを見ると、朝なのだろうか。

雨も降っていないようだ。

ここは何処だろう。

いつの間にか浴衣《ゆかた》に着替えさせられ、布団に寝かされているようである。

昏《くら》いが、行灯《あんどん》の灯《あか》りが辺りを照らしている。

よく眠っていたようだ。

今はいつなのだろう。

身を起こすと、傍にジュノが同じように寝かされている。

刹那《せつな》、全てのことを思い出す。

自分たちは山に閉じ込められてしまったのだ。

真魚はどうしただろうか、と部屋を見渡しても何処にもいない。

ジュノに近づくと、寝息は安らかである。

枕元に盥《たらい》が置いてあり、額に濡《ぬ》れ手拭《てぬぐ》いが置かれていて、熱は下がっていないようだが幾許《いくばく》か安心である。

いったい、誰が感九郎たちを助けたのだろう。

カスミたちが「一目連」に与《くみ》しているのであれば、このようなことをするだろうか。

わからぬ。

一体どうすれば良いかもわからぬ。

ため息をつき、ふと部屋の隅を見ると、「乙《きのと》」に置いておいた小太刀から何から荷が纏《まと》められている。

手近の小さい風呂敷《ふろしき》は自分のもので、開くと糸が出て来た。

針がないが、部屋の隅に火鉢が置かれていて、火箸《ひばし》が刺さっている。

特に何も考えず、火箸を手に取って灰を払った。

編み針代わりに両手に持ち、糸を絡め、編み始める。

編みにくいが、編めぬことはない。

しばらく編んで、うまくいかぬので全てほどいた。

そうしているうちに糸の方も絡んでしまった。

一つため息をつき、糸もほどき始める。

編み地は引っ張るだけでほどけるが、糸が絡んだところを変に引っ張ると、きつい結び目になってしまっていけない。

いろいろな箇所を引き、少しずつ絡みをほどいてすべてをまっさらにすると、また編み始めた。

糸ほどきをしたせいもあるのか、心が凪《な》いでいく。

感九郎が自らを穏やかに思えた、まさにその時である。

不意に、低い声があたりに響き渡った。

『お前、また閉じ込められているな』

うわあ、と声をあげて感九郎は飛び上がった。

あたりを見回すも、誰がいるわけでもない。

『そんなに驚くこともないだろう。俺だぞ俺』

声のする方を探ってみれば、畳の上に薄く延びた己の影が、揺れるたびに喋《しやべ》っている。

感九郎はひと唸《うな》りし、眉間《みけん》に皺《しわ》を寄せた。

例の「白装束」が、擦った揉んだの末に感九郎の身の内の「穴」から出てきて、今度は影に棲まうことになったのは、「仕組み」を終えたつい先日のことである。

こうなると、夢か現か幻か、などと言っている場合ではない。

すでに妖《あやかし》や化け物の類である。

「いや……お主、まだ居たのか」

『なんだ、随分な物言いだな。前に話しかけた時は「人といるときは出てくるな」と言っていたから、時を選べばこの始末。気を遣ってやっていると言うのに……しかし、お前はあれだな。何かというとメリヤスを編んだりほどいたりしているな』

「畢竟《ひつきよう》、好きなものだからな」

『お前が人の心の奥底や過去を見ることができるのはわかるような気がするぞ。世の物事は大抵の場合、本来のことが分からぬくらい絡んだりしている。人の心などはその最たるものだ。お前は普段からメリヤスをほどいたり、絡んだ糸をほどいたりしているから、そういうものもほどけるのだろうな』

影の言う通り人の心が深いところで糸のように絡んでいるのは確かだが、言い様がえらく適当である。

『お前は意外に様々な謎を解くのがうまいのかも知れぬな。人の心にも謎あり。世情にも謎あり。ひどく絡んだそれらを本来の形にほどいていくのだ』

勝手なことを言っているから、流石の感九郎も茶化したくなった。

「お主、『穴』の底にいた時より随分と軽薄になったな」

『今から思えば、あそこは厳しい場所だったぞ。影の方が居心地が良い。お前の見るもの聞くものを良く感じられるし、こうやって出てこられるしな』

「そうそう出てこられても困る」

『だからこうやって気を遣っているだろう。ところでお前、またとんでもないことに巻き込まれているな』

「いささか困っている。山にも閉じ込められてしまった」

『山だけではなく、面倒臭いものにも閉じ込められているな』

要を得ないことを言っている。

『まあよい。会った者の影の糸をほどけば、その者の心の奥に秘められた過去や思いを体験できることを忘れているわけではなかろう』

「そうは言っても好きな時にできるわけでもない……それにいたずらに人の心の奥底を開くものでもない」

『お前が影をほどく時は、向こうも「ほどかれる準備」ができている時なのだ。ほどかぬのも一つの道だが、ほどくのもまた道だ』

悟った坊主のようなことを言われて感九郎が黙っていると、影が少し慌てているような素振りで、細かく揺れる。

『……むう、人が来るぞ。俺は引っ込むが、影は影でしか触れられぬのを忘れぬようにな。また改めよう』

不意に、廊下の方から足音が聞こえた。

感九郎は念のため、布団に潜り込む。

いまは周りの出方を見た方が良い。

この段になって、感九郎は落ち着きを取り戻していることに気がついた。

編んだおかげか、影と話したからか、それはわからぬ。

障子に大きな影がうつり、すうっ、と開く。

薄目を開けると、ムゴンが立っている。

静かに部屋に入って来ると枕元に何かを置き、ジュノの濡れ手拭いを丁寧に盥ですすぎ、絞ってまた額の上にのせる。

そのまま様子を見るように暫《しばら》く佇《たたず》むと、また静かに部屋から出ていってしまった。

倒れた自分たちを助けて運んでくれたのはムゴンなのだろうか、と思いながら枕元を見ると、盆には湯呑《ゆの》みと土瓶が置いてある。

注いでみれば、何かの茶のようである。

万が一また毒を盛られているかもしれぬ、とも思い、口は付けずに置いておいたが喉《のど》が渇いてかなわぬ。

起き上がり、荷物から自分の着物を見つけ出して着替えた。

床の間を見ると、縦長の掛け軸がかかっていて、見事な筆致で「田」と「月」と書いてある。

「月」という字は、真魚の「甲《きのえ》」の樹木にかかっていた札にも使われていたから、この離れを造った者の好みなのかもしれぬ。

まずは真魚の安否を確認しなくてはならない、と廊下へ出てみると、どこか覚えがある。

どうやら「戊《つちのえ》」の一室に寝かされていたらしい。

そうすると廊下の向こうの方で物音がするのはムゴンや仲居たちなのだろうが、

見つかるわけにはいかぬので、足音を忍ばせながら奥に向かう。

次の間の障子を開けると、誰かが寝かされているので近づけば真魚であった。

濡《ぬ》れ手拭《てぬぐ》いを当てられているが、やはり寝息は穏やかで、ひとまず安心した。

真魚の枕元で腕を組み、さてこれからどうするか、と思案した。

二階堂と話をする手もあったが、それは様子を見た方が良い。

あの奇妙な役人のことを信頼はしていたが、感九郎が動いていることをカスミたちに知られるやもしれぬ。

今は独りで動けることを先にした方が良さそうだ、と考えたその時である。

突然に、壮絶な悲鳴が響き渡った。

はじめて「迷い家」の前に差し掛かった時に聞こえた、あの人ならぬ咆哮《ほうこう》である。

感九郎は戦慄《せんりつ》した。

カスミはこのあたりに棲《す》む猿の叫びだと言っていたが、これはそんなものではない。

恨みが、怨《うら》みがこもっている。

いったい、何を怨んでいるのか。

二度、三度と雄叫《おたけ》びが上がっている。

身を捩《よじ》り切ってしまうような、追い詰められたような、その響きはすぐそこから聞こえている。

感九郎は我に返ると、取るものも取り敢《あ》えず外へ走り出す。

薄明の中、そこには「何か」が居た。

いったい何なのだろうか。

一言で言えば異様で、まるで音に聞く鬼の如しである。

老いた鬼なのだろうか。

しかし頭の天辺《てっぺん》からツノが生えているわけではないから、やはり人なのか。

伸ばし放題の白髪を振り乱し、着物や襦袢《じゅばん》の前をはだけた何者かが全身全霊をこめて叫んでいる。

叫ぶたびに肋《あばら》が軋《きし》み、心の臓が千切れんばかりに身が撓《たわ》む。

感九郎は呆然《ぼうぜん》とした。

この鬼めいた老人は苦しんでいる。

苦しみから、この咆哮が絞り出されている。

自らを恨み、過去を呪って、この悲鳴をあげている。

何故か分からぬが、目の前の老いた者のことが、手に取るようにわかる。

ゆっくりと近づき、地面にうつる老人の影を見て、感九郎は驚愕《きょうがく》した。

頭にも胸にも影の糸が幾重にも巻き付くように絡んでいる。

何故かは知らぬが、老人はそれを外したくて叫んでいるのが、感九郎にはわかる。

一体なんだろうか。

それをよく見ようと目を凝らしたその時、出し抜けに、老人が感九郎に向かって飛びかかってきた。

老いているとは思えぬその迅《はや》さ、まるで狒狒《ひひ》か猩々《しょうじょう》の如しである。

面食らった感九郎は為《な》す術《すべ》もなく押し倒されたが、地面に貼り付けられたようにぴくりとも動けぬ。

膂力《りょりょく》が人外で、やはり鬼かもしれぬ。

その老鬼が一度のけぞったかと思えば、今度は頭《かぶり》を振って感九郎の首に嚙《か》みついてきた。

いかん、と思い、倒れたまま必死で身を返すと、目の前の地面に自分たちの影が映っている。

老鬼の影の頭部、糸が巻き付いているようになっているところへ、手を這《は》わせた。

そのまま引きだすように腕を動かすと、影の糸が絡んでいるのがほどかれていく。

途端、肩に激痛が走り、見れば老鬼が感九郎の首の根本に齧《かじ》り付いている。

感九郎が呻《うめ》きながらも手を動かすと、老鬼の影の糸を手繰ってはいけるが、絡んだところがほどけきらぬうちにするりと糸が抜けてしまう。

その刹那《せつな》、爆風のようにその心が流れ込んでくる。

老鬼の心はところどころ靄《もや》がかかったようだ。

その「過去」の濁流に、感九郎は、呑《の》まれてしまった。

＊＊＊

夜空を見ている。

その視野の下から腕が伸びて、空を仰いでいる。

その腕は感九郎に飛びかかってきた老鬼のものであるが、まだ少し若い。

何故かは知らぬが、それはわかる。

感九郎は、いま、老人の過去をその目で見、その耳で聞くように体感している。

自分は悲しむこともできない。

胸の内は空っぽになってしまっている。

力を手に入れるため、頭目になるために心を売り渡したのだから当たり前だ。

その上、頭目になりそこなった。

第十一代[redacted]に自分はなれなかった。

心まで無くしたのに、己まで無くしたのに、なれなかった。

何処かの[redacted]が十一代頭目になったらしい。

力も、富も、そいつが持っていってしまった。

己に残ったのは、[redacted]の覚えの残骸《ざんがい》と、己を失って開いた穴の生み出す苦悩だけ。

我には何もない。

こうなれば、自分の手で次の代の[redacted]を育てるのだ。

その器を探さねばならない。

手段を選んではいられない。

器を手に入れなければいけない。


「先生……先生、こっちに来て」

「違うよ、先生はこっちに来るんだよ」

小さな子どもたちに囲まれている。
己は子どもたちに懐かれている。
己も子どもたちのことを好いている。
最初はそんなことはなかったが、器とはいえ、子どもは子どもである。
世話をせねばならぬ。
手伝いの女を頼んではいるが、結局、自分も共に子どもたちの面倒を見ることになる。
初めは手がかかって仕方がないが、だんだんと情が移ってきた挙句、この様《さま》である。
しかし、はじめた以上は完遂せねばならぬ。
胸の中にある、一本の針のような疾《やま》しさが、ちくり、と刺してくる。
どうすればよいのだろう。
そのような事を言ってもはじまらぬ。
己の胸に、粉雪のように、罪悪の覚えが降ってくる。
幾分かは溶けるが、だんだんと、だんだんと積もってくる。

三人目だ。
どんどんと死んでいく。
子どもが亡くなるのは自然の理《ことわり》なのかも知れぬがやりきれぬ。
次の代の[redacted]を育てるのは、随分前にあきらめた。
全ての子が、まるで自分の子どものように思えてしまうと、そんなことはできない。
しばらくはそれでよかったのだが、子どもは亡くなっていく。
手厚く育てるには金が必要だ。
今のままでは日々食べさせるのが精一杯である。
薬も買えぬ。
やはり金を引っ張ってくるには[redacted]を育てねばならぬか。

「[redacted]の儀」はうまくいっているようだ。
否、うまくいってしまったと言うべきか。

奴らから差し向けられたあの男も「[redacted]の儀」は初めてだったらしいが、その腕が良かったのか、それともあの子の性が合っていたのか。

しなければよかった。

これで良いわけはない。

不老不死など人が担うものではないのだ。

私はもう人ではない。

鬼だ。

罪悪の雪が胸に積もる。

どんどんと積もっていく。

埋もれてしまう。

＊＊＊

身を貫くような痛みに、感九郎は己の肉体へ引き戻された。

目を開くと木々の葉が見え、それが動いていく。

仰向《あおむ》けに地面を引き摺《ず》られている。

どうやら老鬼が自分の襟首を摑《つか》み、引き摺っているようだ。

息を吸うと胸が痛む。

肋《あばら》を痛めたかもしれぬ。

首の付け根が痛むのは、先ほど嚙《か》みつかれたところだろうか。

老鬼の心の奥底に沈む「過去」の余韻が感九郎を揺らしている。

いったいそれが何なのかは分からぬ中、不老不死、という言葉が出てきたのは驚いた。

コキリの何かを知っているのではないだろうか。

背中が地に擦《こす》られて、半ば麻痺《まひ》してしまった。

もしかしたら、コキリもこうして連れ去られたのかもしれぬ。

そうしている間に、今度は背負われた。

もう為《な》すがままである。

そうして、感九郎は「迷い家」へ、塀の中の屋敷へと連れ込まれた。

老鬼は玄関の戸を開けると、土間へ感九郎を下ろし、背を向けて水瓶《みずがめ》の柄杓《ひしやく》を取って水を飲みはじめた。

感九郎はそのまま、身じろぎもせずにそれを眺めていた。

こう見ると、ただの老人のように見えて、先ほどの膂力《りょりょく》が信じられぬ。

一方、己の体は言うことを聞かぬ。

疲れと痛みに、瞼《まぶた》を開けていることもできず、目を閉じてしまう。

不意に、足音がして、誰かが屋敷の中から玄関に現れた。

「おいおい、今度は人を攫《さら》ってきちまった。寺門《じもん》先生よ、さすがにそれは拙《まず》いぜ……おい、大丈夫かおい……！……おい、なんで貴様がここにいる、おい、青瓢箪《あおびょうたん》！

死んだのか、おい」

聞き覚えのある罵《のの》り声である。

「おい、目を開けろ。馬鹿野郎。ひょっとして追ってきたのか」

感九郎が力を振り絞って目を開ける。

ぼやけてよく見えぬ。

身体を揺らされている。

だんだんと、ゆっくり靄《もや》が晴れるように辺りが見えてくる。

小さな身体に整った顔。

結いもせぬ髪。

感九郎は思わず大きな声を上げた。

「コキリ……！」

着るものはいつもと違って藍染《あいぞめ》の単衣《ひとえ》姿であったが、そこにいるのは紛《まが》うことなきコキリであった。

「コキリじゃないか！　良かった！」

「そりゃこっちの台詞《せりふ》だよ。死んだかと思ったぜ……おい、大丈夫か、おい」

驚きと疲れで、気が遠くなったが、また身体を揺らされて我に返る。

「ちょっと待てよ、先生が出ていっちまわないようにしねえといけねえんだ」

コキリは戸のところに行って心張り棒をかけて戸締りをすると、戻ってきて感九郎の手を引き、立ち上がらせた。

「まあ上がれよ。先生はああなっちまうとしばらく戻らねえ。放っておくしかねえんだ」

コキリは感九郎をここまで連れてきた老いた「鬼」を指差してそう言うと、感九郎を手招きした。

引きずられたせいで身体中泥だらけである。

そう言うと、いいから気にするな、と言われたが、そのまま上がるわけにもいかず、手ぬぐいでできるだけ汚れを落として上がることにした。

水瓶の前でがぶがぶと水を飲み続けている老鬼を土間に残して、感九郎は居間へといざなわれた。

廊下の雨戸はすべて閉じられ、昼だというに幾つも行灯《あんどん》が灯《とも》されているのが妙だが、小綺麗《こぎれい》である。

居間のしつらえも程よく整えられていて、居心地は悪くない。外で感じた凶々《まがまが》しさはいったい何だったのだろうかと思うほどである。

あたりを見回している間にコキリに湯呑《ゆの》みを渡された。

まさかあのコキリにもてなされるとは思わず、目を白黒させていると、不機嫌な声が上がる。

「何だよ、オレが茶を淹《い》れちゃ変かよ」

そう凄《すご》まれ、首をぶんぶんと振って口をつければ、熱い焙《ほう》じ茶で、冷えた身体に染み入るように旨《うま》い。

感心していると「この間の『仕組み』でもオレが茶を点《た》てたじゃねえか」と文句を言っている。

確かにそれはそうなのだが、「仕組み」でもないところでコキリに気を働かされても吃驚《びっくり》してしまう。

そうは思ったが、また怒鳴られてもつまらないので黙っておいた。

「……コキリ、いったい何でここに」

「だからそりゃこっちの台詞だよ」

「私たちはコキリを追ってここに来たまでですよ」

「ったく余計なことしやがって」

「コキリが出ていってしまったのは私のせいですから」

「……？　本当に馬鹿野郎だな。貴様のせいじゃあねぇだろうに」

「いや、『仕組み』の時に私が久世とコキリとを少しでも会わせる算段ができていれば」

「そんなの違ぇだろう。勝手に色々背負い込んでんなよ……だが今ぁそれどころじゃねえ。どうやってここを見つけた。御前か？　まあそうだろうな。畜生、御前だけにはどうやったって勝てねえ。どれだけ策を講じても手の上で踊ってるだけだ。見た目も全然老けてねえし、人じゃねえな。ありゃ釈迦《しゃか》だ、釈迦。こっちは猿だよ猿……貴様が居るってことはどうせあの客騙《きゃくだま》し肉達磨《にくだるま》も来てやがんだろう」

ジュノのことだろう。

「……あと、真魚もついてきています」

「おい、馬鹿、あいつは堅気じゃねえか。何連れてきてんだ！」

「私も堅気です」

「貴様はいいんだよ。もう『仕組み』に手ぇ出してんだから、片足突っ込んでんだ」

「それはそうですが……真魚は、コキリと話したい、と無理やりついてきたんです」

「……そうか」

コキリはしばらく湯呑みを見つめていたが、焙じ茶を飲み干すと、全くどいつもこいつも、と呟《つぶや》いた。

それに構わず、感九郎はにじりよった。

「コキリは何で離れからこちらに来たのですか？　やはりあの鬼に連れてこられたのですか？」

「鬼だぁ？……ああ、寺門先生か。鬼じゃねえよ。あの人はこの屋敷の持ち主で寺門惹句《じゃっく》という人だ。オレも昔、世話になった恩人だ」

「やはり人なのですか！」

「当たり前だ。確かに少々だらしない格好してるが、角が生えているわけでもねえ、見るからに人だろう……が、大人の二人や三人、簡単に放り投げるくれえだから実に危ねえが、かと言って止めることもできねえ。ふん縛っても縄を切っちまう。寝ている間に何人かで担いで蔵にでも閉じ込めちまおうと思ったが、妙に敏《さと》くてすぐに起きちまう。事は簡単じゃねえからオレも困ってる。いままで戸締りしときゃ屋敷に居たみたいだから何とかなったが、外に出ちまうとまずい……とりあえず鎮める薬ができるまで待つしかねえ。とにかく鬼、化け物の類じゃねえよ」

「すっかり鬼かと思いました」

「確かにああなった先生は人外に思えるほどの膂力《りょりょく》だからな、鬼だと言われりゃそうだな。人は正気を失うと怪力を出すとは聞くが、見るまではあれほどと思わなかった。火事になると、婆さんが簞笥《たんす》担ぐほどの馬鹿力を見せるなんて話も冗談じゃねえんだな……まあ、悪気はねえんだが、そのうち誰かが怪我したり人死にが出ないとも限らんからな。ジュノなどはどうでもいいが真魚は確かに心配だぜ」

コキリがそう言うので自分たちが山に閉じ込められていることを思い出し、嗚呼《ああ》、と声が出た。

途端に肋《あばら》が痛み、うずくまる。

「なんだ五月蠅《うるせ》えな。吃驚するじゃねえか。大丈夫かよ」

「……真魚とジュノが毒を盛られて倒れているんです……」

「毒だあ？」

「いや、定かではないのですが……もしかしたら神社の祟《たた》りかもしれません」

「祟り？　おい、少し見ねえうちに随分信心深くなったもんだな」

「いや、真魚とジュノがそこの神社の札を破ってしまって」

「ああ、あそこで騒いでたのは貴様らか。あの神社、古いからな、そりゃ貼り札やら何やら破れはするだろうに」

「それから高熱を出してしまって……呪われたかもしれず」

「呪いだあ？　まあ、そういうことは馬鹿にはできねえからわからねえが……毒が云々《うんぬん》ってことは、飯でも喰《く》ったのか。茶か酒でも飲んだか」

「実に味の良い昼餉《ひるげ》を出してもらいまして、それを食べた後に……それで一度山を下りようとしたのですが……釣り橋が落ちていまして」

するとコキリは、ちっ、と舌打ちをした。

「まさか……あの馬鹿、何考えてんだ」

そう呟くと、怒った犬のように眉間《みけん》に皺《しわ》を寄せた。

感九郎は声を潜めて、さらに続ける。

「あと、ジュノが言うには、ここは組織『一目連』の縄張りのようです。私たちは敵の手中に落ちていると」

　コキリはそれを聞くと立ちあがり、怒声を上げた。

「『一目連』だあ！　その名を聞かされるとは貴様も随分なところまで頭突っ込んじまったな。しかし……どいつもこいつも馬鹿ばっかりだ！　オレの生き方くらい好きにさせろってんだよ！」

「そんな。皆んな、コキリのことを心配しているのです。何も言わずに出ていくから……ことに、江戸でも五日市でも一つ目小僧に攫《さら》われたという話になっているから、非道《ひど》い目にあってはいないかと真魚も心配してついてきたのですよ！」

「一つ目小僧？　なんだそりゃ。見ての通り、オレはぴんぴんしてるぜ。貴様らが馬鹿なんだろうが。オレはしっかりと、追うな、捜すな、って手紙書いたじゃねえか」

「やっぱりあれはコキリが書いたのですか」

「貴様何言ってんだ。オレの部屋にあってオレの名前書いてたら大概、オレが書いたに決まっているだろうよ……それ読んどいて勝手に捜しに来やがって、毒盛られただの、敵の手中に落ちただの、文句言うな、阿呆《あほう》！　最初っからそうなるのがわかってたから何も言わずに居なくなったんだろうが！　皆んな、勝手に死にやがれ！」

コキリの怒髪、天を衝《つ》くが如くである。

感九郎が首をすくめると、しかし、その勢いが急に弱くなった。

「……とも思うが、しかし、真魚まで倒れてんじゃあいけねえなあ……仕方ねえなあ、本当に」

コキリは真魚に甘い。

凜《りん》として丁寧な真魚と口汚いコキリとは口調の違いはあるものの、自分の胸の内を正直に言葉にする生き方が似ていて仲睦《なかむつ》まじくなったのではないか、と感九郎は思っている。

さらに言えば、真魚は情に厚い。

多くの者が照れて誤魔化してしまう人の情けの部分に真っ向から向き合い、困っている者、弱っている者に、下心なし、勘定なしで味方になる。

世に対して精一杯、斜《はす》に構えているコキリは、真魚のそういう真っ直ぐなところに弱いのかもしれぬ。

「ああもう、面倒くせえなあ。オレは自分のことで手一杯だってのによう」

コキリは頭を掻《か》きながら居間をぐるぐると歩き回っていたが、結局、座布団の上に座り込んだ。

そのまま己の両の顳顬《こめかみ》を右手で挟み込むように目を塞《ふさ》ぎ、俯《うつむ》いている。

あまりに長いことそうしているので、感九郎は気を揉《も》みはじめた。

真魚とジュノのことが心配なのである。

不意に、コキリが井戸の底から響いてくるような小さな声を出した。

「……致し方ねえ、いいか、今からする話はあの肉達磨には伝えてねえ。御前はわかっているのかも知れねえが、何も言ってこねえ。きちんとこの話をするのは貴様が初めてだ」

「わかりました。ただ……」

「なんだ。何か文句があるってのか」

「いや……真魚たちを置いてきているので」

「ああ、死なねえから心配するな。万が一、毒が盛られていてもその塩梅《あんばい》は間違えねえはずだ」

「間違えない？　何を……」

そう訊《き》こうとして、掌《てのひら》を出された。

とにかく喋《しゃべ》るな。ということだろうか。

コキリは素知らぬ顔で話し続ける。

「毒消しできる奴はいま手が離せねえし、釣り橋が落ちてるなら山を下りて手当てする事もできねえ……それに祟りだ、呪いだってなら、やっぱり何もできねえ。坊主も神主も拝み屋も、ここには居ねえんだよ……悪いことは言わねえ。いいからオレの話を聞け」

コキリの顔は今まで見たことがないほど真面目であった。

暗い中、行灯《あんどん》の光を浴びて、畳にうつるコキリの薄い影の、その輪郭が妙にはっきりと見える。

その腹の部分にぐしゃぐしゃと絡んだ影の糸がまとわりついているのが、すでにゆるんでおり、下手に手を加えようとすると、結び目になってしまいそうである。

それが本当にそうなのか、見間違いなのかも感九郎にはわからぬ。

いずれにしても流れにまかせ、ただ耳を傾けようとしたその時、何者かの訪《おとな》いを告げるように、玄関の方から扉を叩《たた》く音がした。

内側から心張り棒をかけてあるので開かないのだろう。

その音が何度か続いて、コキリが面倒そうに立ちあがろうとした刹那《せつな》、屋敷に荒々しい音が響いた。

続け様に、あの己の贖《あがな》いを求めるかのような慟哭《どうこく》があたりに響き渡る。
老鬼の咆哮《ほうこう》だ。
「まさか、また外へ」
感九郎が浮き足立つと、コキリも顔を青くしている。
「秋河屋」の離れに行ってしまったら、大変である。
ジュノはともかく、真魚は老鬼の怪力の前にひとたまりもないだろう。
居間から飛び出したコキリを追って、感九郎も痛む肋《あばら》を押さえながら駆け出した。

第九章　感九郎、安堵《あんど》する

雄叫《おたけ》びが谺《こだま》している。

屋敷玄関の戸は桟がへし折られ、破られて非道い有様であった。

コキリと連れ立って外へ出ると、そこにはムゴンが居た。

訪いの音はムゴンだったのだろう。

物を言わぬのでわからぬが、身振り手振りの様子を見ているとどうやら感九郎が老鬼に連れ去られたのに気付いたらしく、追って来たようである。

感九郎を見て安堵したような顔をしている。

そのうちに、敷地内に何かを激しく叩くような音がし始めた。

神社の向こうの蔵の並ぶあたりかと見当をつけて皆で連れ立ち、そちらへ走っていく。

遠目にも果たして白髪を振り乱した老鬼が蔵の戸を滅茶苦茶に拳打《けんだ》し、揺らし、身体までぶつけているのが見える。

老鬼は蔵を開けようとしている。

「あの中に何があるのですか」

そう叫ぶと、知らねえ、とコキリの大声が返ってきた。

あの蔵を開ければ鎮まるかもしれぬ。

エマがその鍵《かぎ》を扱っていたことを思い出し、感九郎は一人、門の番屋へ走っていった。

鍵を取って蔵へ急ぐと、必死で異様な老鬼の姿に、コキリもムゴンも立ち竦《すく》んでいる。

老鬼はしゃがみ込み、まるで謝るかのように這《は》いつくばっているのだった。

コキリが「やれやれ」と独りごちて老鬼に近づくのに、感九郎は手を伸ばしたが、無下に打ち払われてしまう。

「先生、いいから屋敷に戻ろうぜ。そろそろ彼奴《あやつ》の薬も出来上がる頃合いだ。飲みゃあ少しはいいだろうよ」

そう言ってコキリはしゃがみ込んだ。

その傍の老鬼は声一つ上げず、頭を地面につけている。

「コキリ、戻れ。危ういぞ」

声を抑えた感九郎の言葉が虚《むな》しく響く。

コキリはそれが聞こえないかのように老鬼に語り続けている。

「オレは先生には世話になったからよ、見捨てておけねえんだ。さあ、屋敷に戻ろうぜ。こんなところに居たって仕方ねえんだから」

そう言って手を差し伸べた刹那である、出し抜けに老鬼が跳ね起き、コキリは尻《しり》餅《もち》をついてしまう。

駆け寄る間もなく、老鬼は天を仰ぎ、大きく息を吸って己の身を裂かんばかりの吠《ほ》え声を上げた。

その音声凄《おんじようすさ》まじく、感九郎の筋骨が震えるほどである。

コキリも尻餅をついたまま呆気《あつけ》に取られている。

ムゴンもどうして良いかわからぬように、一定の間合いを取ったままである。

続けて二度、三度と咆哮《ほうこう》が上がったとき、コキリが立ち上がって手を差し出した。

感九郎がそれを止める声を出す間もなく、それは振り払われてしまう。

払われたのが腕でも鬼の怪力である、コキリの小柄な身体は吹き飛ばされてしまった。

そのまま疾走し、叫びながら門の外へと走り去る老鬼を尻目に、感九郎はコキリへと駆け寄った。

「コキリ！……おいコキリ！　大丈夫か」

うつ伏せに倒れているコキリを抱き起こすと、口に入った土を吐き出しながら悪態をついている。

「くそっ、凄《すげ》ぇ力だな……大丈夫だ、痛《いて》えが動く」

顔を顰《しか》めながら手足の曲げ伸ばしをしているのを見て、感九郎は安堵すると蔵の扉へと駆け寄った。

この蔵の中に何かがあるのだ。

かちり、と錠前を開いた途端、コキリの「貴様、何してる！　そんな暇はねえ」という怒鳴り声が響き渡る。

「しかし、この中を見れば」

「そんなのは後回しだ。追うぞ！」

老鬼を鎮めるためにも開けたいが真魚の無事には代えられぬ。

すると出し抜けに、片足を引き摺《ず》っているコキリをムゴンが抱え上げ、肩に担いで走り出した。

驚いたコキリの素《す》っ頓狂《とんきょう》な声が遠ざかるのを、感九郎は痛む肋を押さえながら追いかけた。


「迷い家」を出てせせらぎにかかる丸太橋を渡る。

見渡す限りに老鬼は見当たらぬし、咆哮も止んでいた。

辺りは至って静かで、却って不気味である。

急いで「戊《つちのえ》」に向かうと、中から出て来たのはエマである。

「黒瀬様、良かった！　ご無事で何よりです」

「真魚は大丈夫ですか」

息せき切ってそう伝えると、真魚はまだ寝込んでいて、傍にカスミと二階堂がついているらしい。

どうやら感九郎が連れ去られたのを見て、カスミは真魚を見守り、ムゴンが追ってきたとのことであった。

カスミが「一目連」であることを考えると不安ではあったが、役人の二階堂が一緒であるのは少なからず心強い。

「ジュノはどうしてますか」

「能代様もまだお休みになっていらっしゃいます」

エマが平然とそう応《こた》えるので、感九郎は少し腹を立てた。

「エマ殿、あなたは『一目連』に与《くみ》しているのでしょう」

「一……目連？」

エマは呆気に取られている。

「惚《とぼ》けないでください。もうわかっているのですよ」

「待て、クロウ。こいつはおそらく何も知らねえ。いくら問い詰めても無駄だ。そりゃオレが何とかしてやる。それより、真魚とジュノの他は大丈夫か。寺門先生が正気を失ってる以上、気をつけねえといかんぞ」

コキリにそう言われ、卍次のことを思い出した。

庵《いおり》に独りで居るはずである。

卍次は剣の手練《てだ》れであるが、老鬼の怪力を考えると決して安心はできない。

「ムゴン、『庚《かのえ》』は何処だ！」

そう叫ぶと、ムゴンも気付いたのか目を見開き、慌てて外へ出ていくので感九郎も追おうとすると「おい、クロウ、どこ行くんだ」とコキリに袖《そで》を摑《つか》まれる。

それを振り切って「コキリはここに居てください。卍次が一人で居るのです」と言うと「何故そんな奴まで居るんだ」と返されたが、それどころではない。

駆け出して濡《ぬ》れた着物が足にもつれて転びそうになったが、ムゴンに摑まれて事無きを得た。

身体中が冷たく麻痺《まひ》したように何も感じていないが、どうやら走れているようだ。

「庚《かのえ》」「辛《かのと》」は他の庵と少し離れたところにあるというのは本当で、ムゴンに連れられて小さな竹林に入り込んだ。

立派な青竹の間を通り抜けようとした時に、向こうのほうに庵が二つあるのが見えた。

ああ、あれが「庚《かのえ》」「辛《かのと》」なのだな、と感九郎が思った時であった。

「きぇぇえええい！」

と天を劈《つんざ》くような絶叫が聞こえてきた。

何者の叫びかはわからぬが、卍次だろうか。

その絶叫に感九郎が息を吞《の》んだ刹那《せつな》、倒竹に足を取られて転んでしまう。

立ち上がりたいが、身体が言うことを聞かぬ。

ムゴンに抱えられて起き上がり、支えてもらうようにして庵へと進む。

身体を引きずりながら「庚《かのえ》」へと到着し、戸に手をかける。

少し間をおき、覚悟をしてはね開けた。

庵の中は、やはり、驚くべき意匠であった。

床の間に巨大な水晶の塊が置かれ、そこから透き通った角柱が何本も飛び出ている。

漆喰《しっくい》のあちこちにも小さめの石英が埋め込まれ、その磊々《らいらい》から発せられている何かを肌に感じるほどである。

しかし、肝心の卍次はそこに居ない。

畳に敷かれた座布団を触ってみると、たった今まで座していたであろう温《ぬく》もりが手に伝わってくる。

おそらく卍次は編んでいたのだろう、感九郎の貸した編み針に細い絹糸が絡んでいて、その周りには掌《てのひら》ほどの小ささのメリヤスの編み地が幾つも散らばっていた。

一つ拾い上げてみるとさすがは剣の達人の卍次である。すでに編み目が綺麗《きれい》に揃っていたが、使われた糸を見て感九郎は啞然《あぜん》とした。

最上《もがみ》の紅花染糸である。

別のを拾うとそちらは阿波の藍染《あいぞめ》で、どうやら内職元締めから渡された「魔除《まよ》けのメリヤス」用の上等な糸を風呂敷《ふろしき》に入れたまま渡してしまったらしい。

これはしまった、と思ったが、それどころではない。

まずは老鬼に連れ去られてしまったであろう卍次の事が先である。

ムゴンが手招きをするので庵の奥へと行くと、裏木戸が開けっ放しになっている。

「ここから卍次が連れ出されたのか……ムゴン、この先はどこに行くのだ」

そう聞くと、首を振ったり指を差したりしていて、どうやら山に入っていくしかなく、準備をしないと追えない、という意味のようだ。

何と言うことだろう、全てが後手後手である。

感九郎は項垂《うなだ》れたが、落ち込んでいる暇もない。

「戊《つちのえ》」に居る真魚を護《まも》りながら卍次を奪還しなければならない。

ムゴンに支えてもらいながら、「戊《つちのえ》」へとぼとぼと帰ると、エマに浴衣《ゆかた》を出された。

さすがに汚れも酷《ひど》かったので居間を借りて着替えていると奥の部屋が騒がしい。

「……貴様、いつまで寝てるんだ、この役立たずめ！」

コキリの怒鳴り声である。

慌ててそちらへ向かうと、眠っているジュノへ馬乗りになって、その顔を両の掌で加減なしに何度も叩《たた》いている。

さしものジュノも「おお、何だ。どうした」と声を上げると出し抜けに立ちあがろうとしたので、コキリが転げ落ちてしまった。

「くそっ、痛《いて》えなあ。何すんだ、貴様。役に立たねえ上に怪我させせんじゃねえ」

「何をわあわあと……むう、コキリではないか。お主、無事だったか」

「無事も富士もねえ。このおたんちんが！」

「また口が悪いのう。心配したのだぞ」

「貴様に心配される筋合いはねえ。いい加減その変な髷《まげ》をやめろ」

「何《なに》い、この髷の良さがわからないとは嘆かわしい」

会った早々、聞くに堪《た》えぬ言い争いである。

仕方なく感九郎が間に入り「そんなことをしている暇はありません」と言うと、流石に二人ともおし黙った。

「ジュノ、調子はどうですか。目が見えなくなっているのではと心配しました」

「おお……熱は引いたな。目も見えておる。毒が抜けたかのう。むしろ身体は軽い」

ジュノが立ち上がり、身体のそこここを動かす様子を見ると、確かに元気そうである。

が、それで安心しても居られないのだ。

卍次の攫《さら》われたことを伝えながら、老鬼めいた寺門のことをジュノに話すと、二人は腕組みをしてしまった。

「これからムゴンに山の中へ連れてってもらって捜そうと思うのですが」

そう言う感九郎にコキリは外を指して首を振った。

雨音が大きく鳴っている。

その指先を見ると、天の底が抜けたような土砂降りである。

「これじゃあ山に慣れているやつでも無理だ」

「しかし……」

「しかしも案山子《かかし》もねえ。捜すどころか貴様が死ぬぜ」

コキリはきっぱりとそう言うと、大音声の怒鳴り声を響かせた。

「カスミ！　おい、カスミ！」

しばらく物音もしなかったが、間をおいてどこか場都合《ばつ》の悪そうなカスミがムゴンと一緒にやってきた。

「寺門先生は山深くに分け入っちまう事はあるのか」

「いえ……何処かへ行ってしまう事はあっても、すぐに屋敷に戻ってきます」

「そうか、なら大丈夫だろう……よし、この山にいる奴をとにかく皆んな集めろ。何かやってる奴は手が空き次第来るようにしろ。わかったな」

「でも」

「カスミ、こっからはきちんと話さねえと無理だ。下手すると人死にが出る。ああなった先生は鬼みてえなもんだ。この青瓢箪《あおびょうたん》は怪我ぁしてるし、あっちの庵《いおり》に居た卍次って剣の手練《てだ》れまで攫われたらしい。オレでさえさっき酷《ひで》え目に遭ったんだ。もう、何もわからなくなってんだよ、先生は……わかったな」

「……はい」

カスミはしおらしく応《こた》えると、去っていった。

コキリは一息ついて座り込むと、何か飲みてえな、と茶盆を引きずり寄せる。

ジュノはそれを眺めていたが、ふと思いついたように口を開けた。

「ところで、コキリよ、お主は二回も一つ目小僧に攫われたことになっておるが、どういうことだ？」

「ああ……江戸での話はなあ、くだらねえ話だ」

「くだらない話？」

「くだらねえくだらねえ。オレのせいでも何でもねえ」

「何なのだ。全くわからんぞ」

ジュノが呆《あき》れたように自分の頭を撫《な》でている。

「いいか、オレが墨長屋敷を出た理由は何だと思う」

「……久世森羅を捜すためですか」

「まあ、それはそうなんだが……それだけじゃねえんだ」

「それだけじゃない？」

「オレはこの夏に新しい戯作《げさく》を出す話になっていたんだ」

言われてみれば旅に出る前、真魚とそういう話をした覚えがある。

大々的に引き札も撒《ま》かれていたのに本を刷る段になって肝心の乱津可不可、つまりコキリが「一つ目小僧に攫われて」しまって草稿がなく、大騒ぎになっていたのだ。

「それがどうしたのですか」

「だからよ……その戯作をオレは全然書けてねえんだよ」

「はあ？」

「いや、筆の調子が悪くてな、書いても書いても納得がいかねえ。そのうえ『仕組み』の依頼が続けて来やがった。それで気がついてみたら締め切りだ」

「いや、コキリ、ひょっとして……」

「ひょっとこもおかめもねえ！　書けねえんだよ。書いては破り、書いては破り、で結局真っ白だ。版元からの催促も、唯一乱津可不可の正体がオレだと知っているつなぎの爺《じじ》い……こいつは版元とオレをつないでくれる奴なんだが……そいつに懇願されても、のらりくらりと誤魔化していたが、とうとう締め切りになっちまったんだよ！」

　コキリは誰に向かうわけでもなく怒りはじめ、眉間《みけん》に皺《しわ》を寄せた犬のような顔をしている。

「ああ、流石にやべえな、と思ってるところにこの肉達磨が勝手に部屋に入って来て飯喰《く》えだの何だの五月蠅《うるせ》えことと言い出すしよお！」

「お主、戯作が書けずに逃げたのか」

　呆れたようにジュノが口を開くのへ、間髪を容《い》れず、コキリの怒鳴り声が障子を震わした。

「馬鹿野郎！　逃げるかよ。おかしいのは版元なんだよ！　だいたい煎餅《せんべい》屋が煎餅焼いてるみてえに、米こねて伸ばして焼きゃできるわけじゃねえんだよ、戯作ってのは！」

「お主、旨《うま》い煎餅を焼くのに職人の腕がどれだけ必要か知らんのか」

「五月蠅え、そんなもん知るか。貴様みたいに客騙《だま》して喜んでりゃいいってわけじゃねえんだこっちは。全くどいつもこいつも分かってねえ！」

怒り狂うコキリを前に、感九郎は安堵《あんど》した。

「なんだ、そんな事だったのですか。私はてっきり悩み抜いた末の……」

「そんな事だと！　貴様、許さねえぞ！　オレにとっちゃ一大事だ！」

どうやら火に油を注いでしまったようで、怒髪天を衝《つ》くその勢いに感九郎が気圧《けお》されていると、横からジュノが惚《とぼ》けたような声を出す。

「それでコキリ、お主が江戸を出た訳はわかったが、一つ目小僧の話は何なのだ」

「……だからよう、版元に五月蠅えこと言われる前に墨長屋敷を出た方がいいだろうと思ったんだが、そのまま居なくなっちまうと、今後の仕事に関わるからな、夜明け前に屋敷を出た後につなぎの爺いのところに行って叩き起こしたんだ。そうしたら草稿のないのは困るって必死になって言うからよう……乱津が化け物にでも攫われたことにでもしておけ、と言ったんだよ」

感九郎は啞然《あぜん》とした。

そこまで話すと、コキリは不機嫌な子どものように下を向いて小さな声になった。

「そしたら爺いが、いったい何に攫われたと言うんだ、なんて言ってくるから、一つ目小僧でも天狗《てんぐ》でもなんでもかまやしねえ、とにかく攫われたことにしろ、と言って、オレは飛び出て来たんだ」

感九郎はジュノと顔を見合わせた。

おそらくは、そのつなぎの老人が下手な言い訳として版元に伝えた話が火種になって江戸中に回ったのだろう。

「本当にくだらない話だのう」

「なにを、貴様の手妻よりかはましだよ」

またもやコキリはジュノと舌戦を始めたが、一方、感九郎はコキリの出奔が自分のせいではないとわかって一安心していた。

しかし、まだ心穏やかではない。

畳に薄く映るコキリの影の輪郭ばかりがはっきりと見える。

腹のあたりがひどく歪《ゆが》んでいて、糸が幾重も絡んでいるかのような有様は変わっておらぬ。

感九郎が影をほどけるようになってからまだ間もないが、その影の様子から見るに、コキリへの心配を禁じ得ない。

コキリは己の「過去」に苛《さいな》まれているのだ。

感九郎はいつもの、喉《のど》に糸が絡まったような感を覚えていた。

「久世とのことはくだらない話ではないのでしょう」

すると、コキリの目が猫のように細くなり「おうよ、あたぼうだ」と嘯《うそぶ》いた。

「ならば、片を付けなければいけませんね」

「おい、待てよ。さっきも言ったろう。勝手に背負うなって。貴様、なんか変だぞ」

「変も何も、私にも責のあることです」

「ちょっと待てよ、何か勘違いしてねえか」

コキリが怪訝《けげん》な顔をすると、ジュノも目を眇《すが》める。

「クロウ、お主、やはり背負い込みすぎだぞ」

ちょうどそこへエマがやって来て、準備ができたというので居間に移ることになった。

第十章　感九郎、驚愕《きょうがく》する

感九郎。ジュノ。コキリ。

ムゴン、エマ。

二階堂。

大きな囲炉裏のある居間にこれだけの人数が揃ったのを見渡し、最後にカスミが入って来た。

人が多くなったので、気を利かして廊下の雨戸を開け放っていたようである。

おかげで居間のすぐそこが縁側のようになり、ずっと降っていた雨も晴れたせいか、気持ちの良い風が入ってくる。

居間の隅に座ろうとしているカスミに、コキリが声をかけた。

「あれ、彼奴《あやつ》はどうした」

「まだ仕事が終わっていないようです」

「なんだ、随分時間がかかってやがるな」

ここに居ないのは隣室で眠っている真魚、老鬼もとい寺門先生、それに連れ去られた卍次の三人だけかと思えば、もう一人、後から誰かが来るらしい。

「これだけの人数集めてしなきゃいけねえ話でもねえんだが。とにかく混乱してるからな。下手ぁすると人死にが出る。一度まとめて皆んなで話をしておかねえといけねえと思ったんだが……うん、そちらは」

「廻《まわ》り同心の二階堂と申す。一つ目小僧に攫《さら》われた者がおると聞いて調べに参った」

「ああ、こいつは失礼した。どうやらそれがオレらしい。この通り、ぴんぴんしているから、ご足労をかけただけになっちまって悪いことをした。さらになんだが、ちょっと込み入った話になっていてな。事が大きくて、上にそのまま報告するとお役目を召し放ちになるかもしれねえ」

「なんと！」

二階堂は素《す》っ頓狂《とんきょう》な声を上げたが、確かにそれは危ぶまれる。

実際、感九郎が凸橋家を召し放たれ、浪人になったのは、組織「一目連」に与《くみ》していた蘭方医、久世森羅の悪事をお上に訴えたからなのだ。

「一目連」は幕府上層にも食い込んでいて、おそらくは通常の訴え方では全て握りつぶされてしまうのだろう。

「だから今から喋《しゃべ》る話は聞かねえほうがいいかもしれねえ」

「……了解した。ただ、拙者もここまで関わった身、乗り掛かった舟だ。話を聞かせてもらいたい。上に伝えるかどうかについては、それ相応の覚悟をして考えよう」

「それがいいだろうな……わざわざこんな話からとも思うが、二階堂様にはここから話さねえと仕方ねえ。他にもオレの世話した仲居の姉さんも、訳わからねえだろうからな……並の暮らししている奴らはとんと知らねえ話なんだが、実は北は蝦夷《えぞ》から南は琉球《りゅうきゅう》まで、世に蔓延《はびこ》る悪人どもを束ねている一党がある。普段は『組織』なんて符牒《ふちょう》を使ってやがるが、今からする話はそれじゃあ通らねえから、隠さず言わせてもらうぜ……その一党の名は『一目連』。一つ目の連中と書く」

　空気が張り詰めたように緊張した。

「一目連……」

　途端、二階堂がそう呟《つぶや》いた。

「何だ、知ってるのか」

「いや……一目連というのは伊勢《いせ》の方で雨と風を司《つかさど》るとされる一つ目の龍神《りゅうじん》だ。また随分古い神様を引っ張り出したものだと思っただけだ」

「ふうん、じゃあそこから借りたのかもな」

そう言ってコキリは目を眇め、感九郎とジュノを見た。

「クロウ、ここからが先程できなかった話だ。そして、ジュノ。貴様にも話したことがねえ。内輪話で他の者には悪いが、これを話さにゃ、後の話が通じねえんだ」

「どうしたのだ改まって。お主がそれがしに話していないことなど沢山あるだろうに」

ジュノが腐すのを、ふん、と鼻で笑い、コキリは押し黙った。が、数拍おくと、思い詰めたような声で呟いた。

「オレはな……その組織、『一目連』の人間なんだ」

途端、感九郎は自分の喉が、ひゅう、と鳴るのを聞いた。

ジュノを見れば、やはり思いがけぬ話であったのか、目を見開き、口を半分開いている。

まさか悪漢を懲らしめる「仕組み」の筋書きを書くコキリが、「組織」に与しているとは。

やっとのことで感九郎が出した声は掠《かす》れていた。

「……コキリは悪党たちの仲間ということですか」

「オレは悪事には手は染めてねえ。だいたい『仕組み』だ何だと奴らに仇《あだ》なす方に回ってるのを貴様らは知ってるだろう。が、元はといえばそうなんだ。物心ついたときには奴らの仲間だったんだからな」

「……！　そんな幼い時から」

「随分昔の話だ。オレも年月を数えちゃいねえが……ああ、これも話しとかなきゃいけねえ。オレは人魚の肉を食わされ、死なねえ身体にされてるんだ。信じるか信じねえかは聞いた者にまかせるが……そういう事は、実際にこの世にあるんだ」

コキリがそう言うと、二階堂の目が輝き、エマは手を口に当て、カスミは何だか悲しそうな顔をしていた。

コキリは捻《ひね》くれた笑みを浮かべ、話し続ける。

「場所も不明だが、何処かの寺か神社かに身よりのない子どもを集めていた坊主だか神主だかが居て、まだ三十位の若い男だったがな、そいつに攫われたようなんだが……その寺社が『一目連』の息がかかってたんだ。オレはそこで育った」

「攫われたんですか」

「ああ、そのようだな。物心つくようになってから『一目連』の悪党が何人も子どもを連れてきたのをオレも世話しているうちにわかった」

酷《ひど》い話である。

不意にエマが、ああ、と間の抜けた声を出した。

「ひょっとしてお客様が『一つ目小僧に攫われた』と言ったのは……」

「ああ、そこのカスミに色々聞いたことがあって、考え事していてな、その流れでお前さんが『一つ目小僧が人攫いするんですか』なんて妙なこと聞くもんだから、つい揶揄《からか》ってそんなこと言っちまったんだ。悪《わ》りぃな」

これもわかってみればくだらない話である。

瞬く間に居間に張り詰める緊張がとけたが、二階堂だけは真面目な顔をして口を開く。

「しかし、その後、実際に誰かに攫われていますよね」

そう聞いて、不思議に思った感九郎も口を開く。

「そうだ、あれは私がされたみたいに連れて行かれたのか？」

「ああ？　いや、寺門先生じゃねえよ……オレの昔話に戻すと、今となっちゃわからねえが、『一目連』の奴らとしちゃあ、何か意味があって子どもを攫ってきて集めてたんだろう。軽業だの剣術だの、小さい頃から毎日稽古《けいこ》させられた。オレはそういうのがてんで駄目でな。年下の弟分、妹分が平気で登れる木も、根元にしがみつくのが精一杯だし、飛んだり跳ねたりすりゃあすぐに体を痛めちまう。子どもながらに悔しくって、毎晩、他の子たちが寝てる間に導引をやったりしてな」

呼吸に合わせて筋骨を引き伸ばす導引は、唐由来の、いわゆる仙道の一種である。本来は養生や長寿を願う者がする体術で、感九郎も小太刀の師匠に散々やらされた覚えがあった。

コキリの話は続く。

「オレは身体が弱かった代わりに覚えが良かったから手習と茶の湯は随分とさせられて、めきめきと上達した。オレは一度やった事は忘れねえ。人のやってるのを見てもできたし、言われたこと、読んだことも目ぇ瞑《つぶ》って自分でやった気になりゃ、もう全部頭に入るんだ、これが。蔵に本がたくさんあったからな、古典から戯作《げさく》まで随分読まされたが、ほとんど誦《そら》んじてたもんだぜ……そんな風に過ごしていたある日のことだ」

それまで不敵な笑みを浮かべていたコキリは、忌々しげに眉間《みけん》に皺《しわ》を寄せた。

「『人魚の肉』を食わないかと言われた」

突如、また居間に糸が張り詰めたようになった。

コキリはしばらく語るのをやめ、宙に目を泳がせていたが、そのうちに出した声は喋り疲れたように嗄《しわが》れていた。

「それを食えば不老不死になるらしいと聞いたがオレは嫌だった。そんなもん嘘に決まってるからだ。そう言うと、他の子どもに食わすと言われた。何故かわからんが、誰かが『人魚の肉』を喰《く》ったら、飯や薬を買う金が手に入るらしいのだった。今となってはその寺だか神社だかが何処にあるのかもわからないが、金がなかったらしい。オレを育てた男が言うには、子どもの誰かが人魚の肉を食えば、『一目連』から金が入ってくる、と。オレは嫌だったんだが、脅されてな」

「脅されたんですか！」

感九郎はつい大声を上げた。

コキリは首を捻って顎《あご》に手を当てた。

「脅されたというかな……いやさ、オレは子どもたちの中では姉貴分でな、皆んなを世話していたせいか、可愛く思えちまってたんだ。その頃、オレが兄みたいに慕ってた年長の子が病で亡くなってな。それが他にもうつって何人も死んじまってたんだ。だからなあ、他の小さい子たちのためにって言われると断れなくってな。

嫌々ながらも『人魚の肉』を食わされることになった」

非道《ひど》い話である。

感九郎がそう言うと、コキリは肩を竦《すく》めた。

「だろう？……兎《と》に角、オレは『人魚の肉』を食わされることになって蔵に入った」

「蔵ですか？」

「なんか、蔵でねえといけねえと言われてな、蔵に入って食わされた」

「……どんな味か覚えておるか」

二階堂が我慢たまらず、といった感じで早口で問う。

「なんだか良くわからねえ、というのが本当のところだ。蔵の中に香が焚《た》きしめられたような変な香りがして、飲み食いした覚えがある。普通に飯も出てきたが、『人魚の肉』だといって干物みたいな身肉を出された。オレもまだ子どもだったから気味悪くって箸《はし》つけなかったら口ん中捩《ね》じ込まれてな。まあ、特別な味はしねえ。生臭くて塩辛い魚の味だった……ああ、そん時にオレにそれ食わせたのが久世森羅の奴なんだ……久世ってのは蘭方医なんだが、そいつが一緒に蔵に入って香を焚き、煎《せん》じ薬みたいな変な味の茶を飲まして『人魚の肉』をオレに食わしやがったんだ」

とうとう久世が話に出て来ると、コキリは忌々しそうに顔を顰《しか》めた。

「思い出しても碌《ろく》なもんじゃねえな。暇だったから奴の顔ははっきり覚えている。それから蔵の中で手習だ何だとやって」

「蔵で手習まで？」

「そうなんだよ。不老不死になるには人魚の肉は何度も食わなきゃいけねえと言われてな、それで本を渡されて、写本だのなんだの手習して、蔵でしばらく過ごしたんだ、これが」

「変な話ですね」

「その後、オレは様々な依頼を受けて、旅に出ることになった」

「依頼？」

「そうだ。つまり仕事だ。その時はわからなかったが、オレがその仕事をするおかげで、『一目連』から金が入ってくる仕組みだったんだろうな」

「コキリが育った寺社に、ですか」

「そうだ。長いことかけてオレは色々な仕事をした。初めての仕事は止《や》ん事《ごと》無き立場になったんだが……権謀術数に塗《まみ》れて切腹しなければいけなくなった」

「なんと！」

「しかし、人魚の肉を食べているから死なずに、次の仕事へ連れて行かれて今度は盗賊の頭目の後継ぎになって喧嘩《けんか》する奴らを収めなきゃならねえ。前の親玉がいなくなったとたんに分裂だ、派閥だって大変だったが、これも何とかなったと思いきや、子分に刺されちまった。皆んなは死んだと思ったみてえだが、不老不死だからよ、いつの間にかまた次の仕事だ……こう一口に言うが、辛《つら》いもんだぜ。数え数えて二百年ばかしもそんな生活を続けてんだ。オレ以外の奴がどんどん死んでいくのに、オレは死ねねえ。そんな中で別の依頼を受けて仕事しなきゃいけねんだからよ」

目を落としてそう言うコキリに、感九郎はかける言葉がなかった。

コキリが人魚の肉を食べたと言うのは本当なのかもしれぬ、とそう思えてきた。

「そんなこんなで幾つも仕事をこなすうちに、オレはこれを読み物にしたら面白《おもしれ》えだろうなと思った。普通だったら死に目にあっていてもオレは死ねねえ。それで次にはまた別の奴になって新しい仕事をしなきゃいけねえ。まるで輪廻《りんね》転生だ。それで次たらそれを戯作にして書いてやれ、と。それで書いたのが『変わり身一代記』だ。そして戯作者、乱津可不可の誕生ってことだよ。おうおう、そうだ。知らねえ奴もいるんだな。オレこそは当代随一の人気を誇る正体不明の戯作者、乱津可不可でござい……

…こりゃ他言無用だぜ」

二階堂が驚いた顔をするところを見ると、戯作も好きなのかも知れぬ。

確かに『変わり身一代記』はいま、コキリが言った筋で話が進んでいた気がするが、まさか乱津可不可、つまりコキリが体験したそのままを書いたものであるとは想像がつかなかった。

そう聞いてみれば、納得できる向きもあるが、しかし、何かが、何処かがおかしいようにも思える。

話の中に、細い針が一本入っているかのような違和感を感九郎は感じていた。

「戯作を世に出してからオレは、疲れが出たのか、体調を壊した。旅に出て仕事をしている間も夜は導引を続けていたんだが、もういけねえ。そりゃそうだ。ずっと死なずに生きてんだ。百年二百年すりゃ疲れも溜《た》まるだろう。真っ暗闇の中で苦しみに這《は》い回るような日々を過ごしていたが、ある時、ふっと明るくなった。旅の末に、オレは仕事の流れでここに辿《たど》り着いたんだ。そこの神社や屋敷はなんでも『一目連』で特別な意味のある場所らしい。もちろん『秋河屋』の離れも含めてな。それで寺門先生やそこにいるカスミ、そしてムゴンと会ったんだ」

「ではやはり、ここは『一目連』の拠点の一つなのですか！」

感九郎の口から言葉がついて出た。

カスミやムゴンは居心地悪そうにしているが、エマが呆然《ぼうぜん》としているのは自分の置かれている状況がよくわからないのだろう。

それを尻目《しりめ》にコキリは話し続ける。

「そうさ。オレは心身の不調で朦朧《もうろう》とした中で、旅の最後に訪れたんだが……ここは幾星霜の時をかけて疲れが溜まったオレの身体と心を、ゆっくりと回復させてくれた。なんせオレは喋《しゃべ》ることもできねえくらい弱ってたからな。ありがてえことに、そんなオレを寺門先生やカスミ、ムゴンは家族のようにして助けてくれた。それから数年かけてやっと立ち居振る舞いがまともになったオレは江戸に出た。戯作《げさく》を書くのを続けようと思ってな。それから御前に会い、蔵前に住み始めるわけだが……それは兎も角、『人魚の肉』を食う前の昔々の小さい頃に過ごした所なんて今はもう無《ね》えだろうから、ここがオレの故郷みてえなもんだ」

「だからお主、今回も戯作を書けずに逃げ出した後はここにやってきたのか」

ジュノが頷《うなず》きながらそう言うと、コキリは眉間《みけん》に皺《しわ》を寄せた。

「逃げたわけじゃねえって言ってんだろうが、この馬鹿め……まあ、しかし貴様の言う通りだ。ここの温泉は気に入っていてな。貴様らも入っただろう？　書けなくなった時には良いと思ってな……さあ、オレの話はひとまずここまでだ。他は瑣末《さまつ》なことばかりだからな。さあカスミ、お前ェの番だよ」

皆の目がカスミに注がれる。

この年若い仲居と、朴訥《ぼくとつ》としたムゴンとが組織『一目連』の悪党だとは信じられない。

カスミは胸を押さえ、言い淀《よど》みながらも口を開いた。

「……アタシの番って、いったい何を話せばいいって言うの、姉さん」

「ね、ね、『姉さん』？」

感九郎の口から、またもや声が飛び出たのを聞いてコキリが笑みを浮かべた。

「オレがここに世話になった数年間、家族みたいに過ごしたって言っただろう。カスミは何故かオレに懐いてな、『姉さん』って呼ぶんだ。小っ恥《ぱ》ずかしいからやめろと言ったんだけれどな」

「……姉さんは姉さんだから」

「ほらな……カスミよ、お前《め》ェらが困っていること。そして、この肉達磨とか青瓢《あおびょう》簞《たん》をどうしたかったのかを話せばいい。役人が居るが、気にするな。どうせお前ェらこの山に居る奴らはもう堅気みてえなもんだ。悪事なんて働いてねえからな。ほらほら、言っちまえよ」

　コキリに乱暴に水を向けられても、カスミはしばらく言いにくそうであったが、皆んなに見つめられているうちに喋り始めた。

「いま姉さんが言った通り、アタシたちは『一目連』の『組』なんですけれど」

「『組』？」

　二階堂が不思議そうに繰り返したのを聞いて、コキリが応《いら》えを返した。

「『組』ってのは『一目連』の中で事を働く集まりのことだな。小さけりゃ二人とか三人の組もあるし、大きいと五十人、百人くらいのもあらあな。今はカスミの『組』は何人いるんだ？」

「四人です。寺門先生とムゴンとアタシ、それに歳をとっていますが里にいる『秋河屋』の番頭もです。エマや他の奉公人は『一目連』じゃありません」

「思ったより少ないですね」

　感九郎は思ったままを口に出した。

「『秋河屋』で働いている者、皆んなが『一目連』だとばかり思っていたのだ。

「ええ……それで困っていまして。ここの屋敷や神社が『一目連』のなかでも特別な場所であることは先程姉さんからも言ってもらいましたが、それを担うアタシたちのお役目がずっと果たせていないようなのです」

「いったいどんなお役目なのですか？」

「それが、寺門先生しか知らないのです。アタシたちが子どもの頃から仕込まれたのは体術の他に料理や本草学なので、ここは療養か何かのための場所だと思っていますか……昔は頭目が来ていたようなのですが、アタシはお会いしたことがありません。そもそも頭目が誰なのか、ということがこの数十年、『一目連』の中でも知られておらず、こちらからつなぎを取ることもできないようなのです。元々『組』同士でつなぎを取り、お互いに不足は補うこともありますが、お役目を果たしていなければ孤立していってしまいます。今となってはアタシたちは『一目連』の中で役立たずの烙印《らくいん》を押されているのです」

「しかし、それで何か困るのかのう？　『秋河屋』という人気の旅籠《はたご》もやっているから金には困らぬだろう。別に悪事を働かずとも良い」

ジュノが低い声を響かすと、カスミは頭《かぶり》を振った。

「『一目連』への上納金を払わねばなりませんから……『秋河屋』が繁盛しているのは良いのですが、そちらの奉公人に渡す分もあります。離れに泊まる人は滅多にいませんが、アタシたちが知らぬお役目のために保たねばならぬのです。『一目連』

の頭目が訪れてさえくれれば、どうにかなるのかもしれませんが、いまとなってはその期待もできません。他の『組』みたいに悪事でお金を稼ぐ方法も知りません。結局、お金が足りないのです」

「寺門先生は策を講じてくれないのですか」

　不思議に思った感九郎がそう問うとカスミは俯《うつむ》いた。

「……先生は正気を失ってしまいました。前々から阿片《あへん》を吸われることがあって、そのせいか一年ほど前から心の平衡を失うことが多くなり、様々な覚えもあやふやになっていたのですが……それが常になり、正気に戻ることが時々しかございません。遂には黒瀬様にご迷惑をおかけしたように暴れだすようになってしまいまして、お金を集める策を考えるどころではございません。『一目連』に助けを求めましたが、つい最近になってやっとお医者様を送ってくれただけ。もうアタシたちには打つ手がなく……」

「そんな時にオレがここにきたってわけだ。知恵不足、人不足、金不足で悩んでいるところへ、世話をしてもらって恩を感じているオレがやってきたんだ。それも普通の奴じゃねえ、人気戯作者で金も知恵もあるうえに不老不死だ。しかも元『一目連』なんだぜ」

コキリは面倒そうにそう言って人差し指で自分の頭をこつこつと叩《たた》いている。

「『また仲間になってくれ』と思わないわけはないだろう」

感九郎は、なるほど、と頷いた。

「実際に、そういう話をされたのですか」

「まあな。大方、ここに来るまでの道のりでカスミからな。話を聞けば寺門先生がそんな状況だと言うから、少し様子を見てやってもいいという気になって、ちょうど屋敷に行くきっかけができたからその後、ずっと向こうに居たというわけだ」

「それならそうとカスミ殿も最初から言えば良いだろうに」

ジュノがそう言うと、申し訳なさそうに俯いていたカスミが首を振った。

「エマが慌てたおかげで五日市の宿場で『秋河屋の離れの客が一つ目小僧に攫《さら》われた』という噂が回り、大騒ぎになりましたが、アタシは姉さんが屋敷にいるだろうと高を括《くく》っていました。お役人様が山に入ることになりそうでしたが、アタシと姉さんが居ればうまく誤魔化せるだろうと思って、番頭ともそう話をしていました」

コキリは、ふん、と一つ鼻で嗤《わら》った。

「まあ、そん時ゃそうなったろうな。しかしだ、カスミが山に入る前に貴様らが阿《あ》呆面《ほづら》さげてオレを追ってきたんだ」

「真魚もおりましたが」

「あいつは可愛い顔さげてきたんだ……まあ、どんな面でも構やしねえ、とにかく貴様らがやってきたんだよ。それでカスミは考えを変えたに違《ちげ》えねえんだ。なあ、カスミ。そうなんだろう？」

　水を向けられてカスミがさらに縮こまるところへ感九郎が声をかけようとすると、それを遮るようにコキリが声を上げた。

「おうおう、あんまり苛《いじ》めてくれるなよ。オレが代わって説明してやるから……いいか、こいつはな、オレの仲間である貴様らにも『一目連』のこの『組』に加わってもらおうとしたんだよ」

「なんと！」

「なにい？」

　感九郎とジュノは同時に素《す》っ頓狂《とんきょう》な声を上げた。

「それはいささか妙な話では」

「おいおいさっきも言ったけれどよ、こいつらは人不足、知恵不足、金不足で悩んでるんだぜ。オレを引き抜きにかかってんだから、あわよくばオレの仲間の貴様らも一緒に、って思うのは変でもなんでもねえだろうよ。むしろ当たり前《めえ》の流れだ。

貴様らは接待されてたんだよ」

「接待?!」

「そうだ。『美味《うま》いもんどうぞ、温泉どうぞ、あとは趣向の利いた庵《いおり》でお休みください』。接待以外の何でもねえじゃねえか、そんなの」

「しかしそれがしどもは毒を盛られたのだぞ。接待どころではない」

ジュノが泡を食ってそう言うのへ、コキリは首を振った。

「オレとしちゃあ貴様らの馬鹿を治すのに毒の一服や二服、盛ってもらいたかったが、残念ながら、そりゃ毒じゃねえ。なあ、カスミ。お前《め》ェこいつらに毒盛ったのか?」

「毒なんて……そんな! 盛ってません。アタシは精一杯美味《おい》しい山の幸を、と……」

「そうだろうなあ」

「ではやはり『迷い家』の神社の祟《たた》りで呪われたのでしょうか?」

感九郎は動揺していた。

あの古びた神社の呪いが自分たちに降りかかったと思うと恐ろしい。

その様子を見たコキリは馬鹿にもせず、真面目な顔をして「祟りだ、呪いだって話はオレはよくわからねえんだが……」と言いかけたが、不意に、誰かが廊下をやってくる音がすると、障子が音もなく開いた。

「いや、失礼。調薬に時間がかかってしまった……おお、随分人が集まっているな」

藍染《あいぞめ》の作務衣《さむえ》を着た初老の男の容貌《ようぼう》を見て、感九郎は、嗚呼《ああ》、と声を上げた。

総髪の髷《まげ》。

眉間《みけん》の黒子《ほくろ》。

線のように細い狐目。

その顔は決して忘れもせぬ。

先日の「仕組み」の標的にして因縁の蘭方医、その名も——

「久世……森羅！」

喘《あえ》ぐような感九郎の声にこちらを見る。

「おや、お会いしたことがありましたか」

狐目をさらに細くするように目を凝らしている。

それもそのはず、会った時に感九郎は変装をして老爺《ろうや》になっていたのだから、久世にわかるわけもない。

「コキリ！　お主、久世と一緒に居たのか？」

珍しくジュノの声も甲高くなっている。

「ああ、そうだ……おい、久世、隣に若い女が熱出して寝ているからちょっと診てやってくんねえか。貴様の見立てを聞きたい」

「なんだ。注文が多いな」

「いいからさっさとやれ。オレが貴様に恨みがあるのを忘れちゃなんねえぞ」

久世は顔を顰《しか》めてひとつ唸《うな》ると、居間を出ていった。

それを待てぬように、感九郎は声を上げた。

「何故、久世がここに居るのですか」

「アタシが……呼んだんです」

カスミが小さな声を上げる。

「……先生がああなってしまって、『一目連』に助けを求めて、つい最近やってきたのがあのお医者様なのです。屋敷で寺門先生を鎮めるお薬をつくって頂いていました」

「なんと」

感九郎がそのめぐりあわせに驚いていると、コキリが呆《あき》れたように口を開いた。

「偶然でも何でもねえ。組織『一目連』で幅を利かせていた久世が、この間のオレらの『仕組み』のせいで失脚したんだ。お上に捕まることはなかったみてえだが、組織が掌《てのひら》を返すように冷たくなり、細々とした些事《さじ》を言いつけてくるらしい。ここに来たのもその一つだそうだ」

そんなことを話していると、早くも久世が戻ってきた。

やれやれ、と言いながら座り込む。

「隣の女子《おなご》を診させてもらったが……確かに少しまだ熱発《ねっぱつ》しているが、特に病というわけでもなかろう。むしろ顔色も脈も良い方だ。心配ない」

「毒は盛られていないのですか」

感九郎が不安げに聞くと「毒？」と久世は眉《まゆ》をひそめた。

「無いと思うが。眠っておるので舌も見られんし、問診もできんからわからんよ。まあ、あの顔色と脈ではまずないだろうな。息も整っておる」

「……祟りは」

「祟りだと？　ううむ、儂《わし》は蘭学を学ぶ前は漢方医で、そういうものが人に障るということも聞いたことはあるが……心地よさそうに寝ておるからな。祟られている者があのように健やかに眠るとは思えん」

「しかし、寝込む前はとても苦しそうで、熱も高く……」

「確かに、それがしも寝込む前は高熱が出て、目も見えづらかったのだ」

ジュノも口を揃えてそう言うと、久世は顎《あご》をさすって辺りを見渡した。

「うむ。すまんが誰か茶でも淹《い》れてくれぬか……もしやあれかな。漢方の古典の話になるが『尚書《しょうしょ》』という本があってな、『もし薬が目も眩《くら》むような強い作用を起こすものでなければその病気も治らない』というようなことが書いてある。その例として、どの医者にも匙《さじ》を投げられた伊勢屋長兵衛《いせやちょうべえ》という病人の話が残っておってな。吉益東洞《よしますとうどう》という名医が『医事或問《いじわくもん》』という本に書いているのだが……吉益が長兵衛に漢方薬を与えたところ『大いに吐き下して気絶、呼ばれた他の医者が、お亡くなりになりました、と言うくらい顔色、脈、息、全てがなくなった』らしいのだ。まあ、普通だったら毒を飲ましたのではと思うような話だな……ああ、ありがとう」

久世はエマに出された茶を旨《うま》そうに飲んだ。

「ところが吉益が『しばらく様子を見ろ』と指示をしているうち、半日経った頃に長兵衛が目を覚まして、その時にはすこぶる体調も良く、病気も癒《い》えていたらしいのだ。まあ、その話には尾鰭《おひれ》がついているとは思うが、身体が回復する時にそのような反動が見られるのも確かなのだ。ひどいと寝込むほど具合が悪くなることは実際にある」

久世の話をそこまで縮こまって聞いていたカスミが、出し抜けに、ああ、と大きな声を上げた。

「ひょっとして、能代様たちは瞑眩《めんげん》に苦しまれていたのですか！」

「おお、若いのによく知ってるな。そう、そのようなことを漢方の方では『瞑眩』と呼んでいるのだ」

感九郎も思い出した。

たしか、ここの野天風呂《ぶろ》を案内される時にカスミにその説明をされた覚えがある。

久世はまた茶をひと啜《すす》りした。

「まあ、いま診ただけだから本当にそうかどうかはわからんがな、隣の間の女子は疲れが溜《た》まっていたのではないか？」

感九郎はジュノと顔を見合わせ、その通りです、と応《こた》えた。

江戸を出立する時に「魚吉」が繁盛しており、真魚が朝から晩まで働いて疲れが溜まっている旨を、お葉と与次郎が心配していた。

ジュノや感九郎にしても、先日に続けて「仕組み」があったので随分と困憊《こんぱい》していたのは間違いない。

久世は顎をさすりながら話を続けた。

「過ぎた疲れは病が出ていなくても、それに近いからの。そこの身体の大きな方……うん、お会いしたことがあるかの？　その髷を最近どこかで見た覚えがあるが、最近、儂も目が随分悪くなってかなわん」

そう久世が目を細めて眺めるので、ジュノは慌てて手で頭を隠した。

先日の「仕組み」の時に久世にそのままの姿を見られているのだ。

ジュノが身を縮め込ませて「これは、いま人気の床屋が出した新しい髷で、江戸で流行《はや》りはじめているのだ」などと苦しいその場しのぎを口にしていると、久世は目を何度かしばたいて首を振った。

「そうなのか。若い者の考えることはわからんな……それで寝込む前は目が眩んでいて熱発したと言っていたが、今はどうなのかな？」

やはり色々と思い当たっているらしいジュノは、髷を手で覆いながら何度か頷《うなず》いた。

「確かにすこぶる良くなって、身体も軽いのう」

「うむ。やはりそうか。あとはその瞑眩が起きた謂《いわ》れにしても、ここの湯は効能あらたかだからな。それだけでもそういうことがあってまずまずおかしくはない。湯治場などではあることだ。あとは……この者たちには何か食わせたか」

久世の問いにカスミが応《いら》えを返す。

「はい……野草、山菜、茸《きのこ》などの採れたての山の幸づくしと、後は……」

「もう良いもう良い。それだけでも十分だ。野草、山菜、茸など、全て薬みたいなもんだ。もちろん薬より効能は軽いから普通はそんなこと起こらんが、程度を超えればそうなることもあろう」

「アタシは皆様に喜んでいただこうと一生懸命、用意したのですが……」

「それがまた余計だったのかもしれんぞ。山の者は慣れていても、里の者は普段食べつけぬから効能も増すだろうしな。まあ、何にしても毒だの呪いだのではない」

久世は事もなげにそう言って茶を啜っていたが、一方カスミは見ていて可哀想なほど項垂《うなだ》れてしまった。

「しかし、何故クロウは倒れなかったのだ？　疲れも溜まっていたはずだし、同じものを食べたが」

不満そうなジュノがそう言うのに、感九郎は己の首を撫《な》でた。

「実は、あの時は食欲がなく……」

「なにい、お主、そうだったのか」

「ジュノや真魚を見て、よく食べるなあ、と思っていました」

「ならやはり儂の見立ては合ってそうだな。疲れも過ぎた者が、効能の強い温泉に入り、薬効の高い食事を食べ過ぎたら、瞑眩が起きてもおかしくはない。寝とる女子も目が覚めたら調子良くなっているに違いないぞ」

久世が苦笑しながらそう言うのを聞いて感九郎は虚脱感さえ覚えるほど安堵《あんど》した。

コキリが、ふん、と鼻を鳴らした。

「せいぜいそんなところだと思ってたぜ。どちらにせよカスミたちは貴様らをもてなしてただけなんだよ。毒なんて盛っちゃいねえ」

「恥ずかしながら、カスミ殿を疑ったことは申し訳なく……しかし、ちょうど釣り橋も落ちてしまったので動転してしまったのです」

感九郎がカスミに頭を下げ、カスミがまた縮こまるのを見て、コキリが肩をすくめる。

「それに関しちゃ、貴様が謝ることはねえ。オレはカスミはやり過ぎたんじゃねえかと思ってんだ」

「やり過ぎ、とは？」

「その釣り橋のことだよ。おい、カスミ。橋を落としたのはお前《め》ェなんだろう。違うか？」

コキリのその言葉に、カスミは、びくり、と身体を震わすと観念したように這《は》いつくばった。

「……ごめんなさい……姉さんの言うとおり……です」

「なんと！　何故そんなことを」

「やっぱりそうか、おい、クロウ、こりゃオレが代わりに謝るぜ。すまなかったな」

その頭の下げ方は軽いものだったが、謝るということをしないコキリが謝罪をするということ自体が珍しく、感九郎は面食らった。

「何故コキリが謝るのですか」

「いやさ、オレの考えが当たってりゃあ馬鹿な話だ。こいつが橋を落としたのはオレや貴様らをもっと長いこともてなして、仲間になってもらいたかったからだよ。そうなんだろう？」

カスミが畳に手をついたまま小さく頷くのを見て、コキリは肩をすくめた。

「気持ちはわからねえでもねえが、やり方が馬鹿すぎるぜ」

「……本当にご迷惑をおかけしてすみません」

「しかし……それならそうとコキリに言って私たちに相談すれば良かったではない

ですか。コキリにも私たちにもお互いがここに居ることを知らせもせず、そんな接待をするのはおかしいですよ」

感九郎がそう言うと、コキリは眉毛《まゆげ》を上げた。

「こいつはまだ餓鬼なんだよ。歳のわりにはよく考えては居るがな。浅はかなところがあるんだ。カスミはオレを人質に取ったつもりだったんだろうぜ」

「人質なんて、そんなつもりは。姉さん、非道《ひど》い！」

カスミが声を上げるとコキリは片眉を上げた。

「おや、違《ちげ》えのか。こいつらに話をふっかけて、うん、と言わなきゃオレを帰さねえと言うつもりなのかと思ったぜ」

「それは……そうだったけど」

「そういうのを人質って言うんだよ。そしてオレにとっちゃ貴様ら青瓢箪《あおびょうたん》と肉達磨の馬鹿二人と真魚を人質にとったつもりだったんだよ。浅はかにも程がある……それにこいつは前っからオレには奥歯に物が挟まったような物言いしかしねえんだ。きちんと話しゃ力にもなってやれるのに、なんか遠慮してんだ。水臭《くせ》えんだよ、そういうのは」

コキリが叱るのを、カスミは黙って畳に目を落として聞いている。

それを可哀想に思ったのか、ジュノが柔らかく低い声を響かせた。

「しかし、橋が落ちたらどうやって山を下りれば良いのだ。カスミ殿たちも困るだろうにのう」

「道のりに時間はかかりますが……橋が使えぬときのための迂回《うかい》する道が……ございます」

俯《うつむ》いたままカスミがそう言うと、コキリが肩をすくめた。

「ということらしい。よくできる奴だが、まだ餓鬼なんだ。許してやってくれよ」

感九郎はジュノと顔を見あわせたが、許すも許さないもない。

「もてなしていただいたのは確かですし、橋の件も了解しました。私たちも、毒を盛られたのではないか、と疑ったのは悪かったのですが、カスミ殿たちが『一目連』だったのは間違いなかったので、それもご容赦してもらえればと」

感九郎がそう言うと、久世が「この者たちは『一目連』のことを知っているのか」と血相を変えた。

「まあ、因縁が深いからな。しかし、変なことを考えねえ方がいい。うちの頭目が本気になったら怖《こえ》えぞ」

コキリが言うのは御前のことだろう。

たしかに『一目連』が大きな組織とはいえ、幕府筋にも江戸の町にもあれだけ顔の利く御前は恐ろしい存在だろう。

「おい、久世よ。そんなことより貴様はオレとの約束を守らねえとただじゃ済まねえぞ」

「約束？」

感九郎が訝《いぶか》しげにするのに、コキリは嫌そうな顔をした。

「オレが久しぶりにここに来て、朝飯食って野天風呂《ぶろ》から上がって気持ちよく呆《ほう》けていたらよ、いきなり庵《いおり》にやって来たのがこいつなんだよ」

「それは随分な言い草だな。こちらはこちらで事情がある。そもそも、ここに儂《わし》の客が来るはずだったのだ。儂がここに到着して屋敷で仕事を始めようとしていたら、やって来た仲居が『壬《みずのえ》』に新しい客が来たと言うから行ってみればお前で、顔を見せざまに怒鳴られたから生きた心地がしなかったわい」

カスミが顔を上げて不思議そうな顔をした。

「『客がやって来たら伝えるように』といわれていたので確かにお伝えしましたが、お目当ての人が違ったのですね」

ここに至って、感九郎の頭の中で何かがぴったりと嵌《は》まり込んだ。

「卍次だ！　待ち人は卍次ではないですか」

「ん？　確かにそうだが、お主、卍次を知っておるのか」

「やはりそうなのですね……卍次はずっと『庚《かのえ》』で待っていたみたいですよ。『人に呼ばれた』と言っていました」

「何い？　すると、彼奴《あやつ》は儂がここに来る前に着いていたのか。それは考えていなかった。彼奴には少し前に仕事を頼んでいてな」

用心棒のことだろう。

「前金しか払っておらなんだから、後の半金を支払わなくてはならんでな、しかし儂が最近こまごまと忙しくなって方々を移動しているので、しばらく滞在するはずのここまで来てもらったのだ。そんなことならすでに来て居るか聞かねばならなかったな」

「庚《かのえ》」「辛《かのと》」は他の庵と少し離れていて、滞在していてもひと気を感じられぬこともあったのだろう。

コキリがまた呆《あき》れたように声を上げた。

「なんだよ、そんなことでオレのところにやってきたのか、貴様は。まあこっちは因縁の仇《かたき》と会えて手間が省けたがな」

「それじゃ、あの時、怒鳴り声が上がっていたのは……」

気の抜けたような声を上げたのはエマである。

コキリが「一つ目小僧に攫《さら》われた」時のことを言っているのだろう。

「ああ、オレが休んでたらこの久世がのこのことやって来たから、ここで会ったが百年目、と怒鳴りつけてやって」

「儂は何だか訳がわからなかったぞ、本当に」

久世は嫌そうに顔を顰《しか》めている。

「五月蠅《うるせ》えや。それで埒《らち》が明かねえから耳引っ張って寺門先生のいる屋敷まで連れて行って」

「連れて行くも何も、儂がここに呼ばれたのは寺門殿へ薬を処方するためだから、元々屋敷におったのだ」

「道すがらも含めてオレが食わされた『人魚の肉』の話をしたら驚いた顔しやがって、『込み入った話になるから調薬が終わってからにしてくれ』ときたもんだ。本来だったら何が何でも口を割らせるんだが……世話になった寺門先生の事が関わってくるんじゃあ仕方ねえ。オレはこいつが薬を調合し終えるのを待っていたんだよ」

コキリが久世と口論した末に不機嫌そうに口を尖《とが》らすと、ジュノが呆れたような声を出した。

「なんだ？　では結局お主は攫われたのではなく、久世と共に屋敷に行っただけなのか？」

「そうさ。一つ目小僧が攫っただの何だの、全部貴様らが勝手に言ってただけだろう」

「しかし、『壬《みずのえ》』の部屋の中は何者かが暴れたみたいに滅茶苦茶になって……ああ、お主、もしかして！」

「なんだよ、あの庵、なんか変だったか？」

「ああ……すっかり思い込んでおった。クロウ、お主も騙《だま》されているぞ。エマもムゴンもだ」

ジュノは天井を仰いで額に手を当てている。

「おい、どういうことだよ」

コキリがそう言うのにも首を振るばかりである。

感九郎にも全くわからぬが、その様子を見たジュノは再び額を手で打った。

「いや、甚だ呆れた。というより、これはエマたちではわからぬ。気が付かないそれがしやクロウが悪かった……コキリ、お主、いつも通り普通に部屋に居ただけなのだな」

「そりゃそうだ。別に何しに来た訳じゃねえ。まあカスミを通じて『一目連』づてに久世の行方がわかりゃいいと思っていたが、それも運が良けりゃあの話だ」

「そうだろうよ。お主はいつも通り振る舞ったのだよな……クロウよ、コキリがいつも通りにしていたら部屋はどうなる」

そこまで聞いて感九郎は、ああ、と声を上げた。

コキリの居るところ、ひたすらに散らかる運命なのだ。

まさか、あの闖入者《ちんにゅう》が暴れたような、コキリが抵抗したように乱れた部屋は、コキリが普通に散らかしただけなのか。

「コキリ、ひょっとして筆で畳に何か書いたようになっていたのも」

「ああ、ちょっと文を書こうとして、矢立を出したはいいが、面倒になって放っておいたらいつの間にか筆が落ちてな……そのままにしておいたら、気が付かねえうちにああなった」

「ほら、こいつはこういう奴なのだ」

「何だよ、墨長屋敷はきちんと片付けて出たじゃねえかよ」

「あれが出来るなら、毎日とは言わぬが、時々はやっておけと思うのが人情だのう」

またもやジュノとコキリの口喧嘩《くちげんか》の火蓋《ひぶた》が切られるかと思いきや、意外にも久世がそれを収めた。

「下らぬ喧嘩をしているなら、先に儂は卍次に金を払いに行ってくるぞ。卍次は何処にいるのだ。何《いず》れかの庵か？」

そう言って皆んなの顔を見渡すので、感九郎が口を開く。

「それが……おそらく正気を失った寺門殿に連れ去られてしまいまして……」

「なんだと。寺門殿は屋敷におったぞ」

「……！」

「儂が屋敷を出る時には玄関で水を飲んでいたが。あのような状態は腎が弱るから、な、喉が乾くのだ」

「それでは卍次も屋敷へ……」

「ううむ。儂が見たところ、おらなんだが。確かに寺門殿は正気を失った者独特の剛力ではあるが、卍次なら連れ去られる前に斬るのではないか」

「よし、それならオレに考えがある。肉達磨《にくだるま》、青瓢箪《あおびょうたん》、ちと相談に乗ってくれねえか」

「それは良いが、人にものを頼む態度ではないのう」

ジュノが眉根《まゆね》に皺《しわ》を寄せる。

「五月蠅《うるせ》え、貴様ら相手ならこれくらいで丁度いいんだよ……オレは寺門先生に『仕組み』をかけてえんだ」

「『仕組み』ですか？　いま、ここで？　『仕組み』は御前が何処ぞから依頼を受けてきて『一目連』相手にかけるものだと……」

感九郎は驚いてあたりを見渡したが、カスミや二階堂は狐につままれたような顔をしている。

それを尻目《しりめ》にコキリは語気を強めた。

「寺門先生は『一目連』じゃねえか。御前はいま居ねえが、後で話を通しとくからそこはまけとけ」

魚河岸で値切るようなことを言っている。

「一歩譲って『仕組み』をするのはいいとして、いったい何をするのだ」

ジュノが珍しく難色を示している。

「寺門先生を正気に戻してえ。オレの恩人なんだ。本当に弱っている時に助けてくれた。もちろん『仕組み』の礼はする。御前が居なきゃやらねえと言うならばそれはそれで筋だから仕方ねえ……オレ一人でやるぜ」

　コキリがそう言って俯《うつむ》くとジュノが呆《あき》れたような声を出した。

「むう。御前が居ない時に『仕組み』をやるのは賛成できんのう。前準備から後始末に至る、何から何までを仕立てるのは御前だからな、居ないのにやるのは危うい」

「そんなこたあ毎度毎度筋書きを考えてるオレが一番わかってらあ」

　その呟《つぶや》くような応《いら》えに感九郎とジュノは顔を見合わせた。

　珍しくコキリがしおらしいが、その「自分がやらなければ」という気持ちが、感九郎にはわかる気がした。

「……カスミさんたちの力を借りてできませんかね」

　小声でそう言うと、ジュノが面食らったようにのけぞる。

「お主も突拍子もないこと言うのう。『仕組み』をするのに『一目連』の助けを得るつもりか」

　そうですよね、と言いかけたところへカスミが声をかぶせる。

「アタシからもお願いします。何でもしますから」

　その顔に追い詰められたような必死さが浮かんでいる。

　ジュノはしばらく呆気《あっけ》に取られていたが、一つため息をつくと腕を組んで低い声を響かせた。

「……どんな筋書きなのだ」

「ジュノ！」

「早まるなよ、クロウ。やると決まったわけではない……おい、コキリ。そう言うからには気の利いた思いつきでもあるんだろうな」

それを聞いてコキリは顔をあげ、目を眇《すが》めた。

「人というのは自分で考えるよりも匂いや音、触った感を身体で覚えているもんだ。何回も繰り返して身に通したものは忘れねえ」

「それはそうだ。手妻は身に覚えさせてからがはじまりだ。頭で考えているうちは上手《うま》くいかん」

「そうだろう。そこを考えると、寺門先生みたいに我を失ったら言葉で話して聞かせても無駄なことは多いが、そういう感は身に染み付いているはずなんだ……だからな。それを逆手に取って、寺門先生の身体に正気を保っていた頃のそういう事を思い出させるんだ。そうしたら我に返ることもあるんじゃねえか。まあ、確証はないがな」

なるほど、と感九郎は呟いた。

自分にもよくわかる。

ジュノがいう手妻と同じく、メリヤスをはじめとする手仕事の技も身体が覚えているもので、考えてするより早く手が動くものだ。

その身体の覚えを利用してやろうというのだろう。

「……よく唄《うた》っていた歌、嗅《か》いでいた匂い、何かの手触り、そういったものを使って寺門殿に昔を思い出させるということですね」

「そうだ。青瓢簞のわりには勘がいいじゃねえか」

「そううまくいくかのう。我を失った者に何かさせるというのは無理だとも思うが」

ジュノが渋面を作るのへ、コキリは言葉を重ねる。

「寺門先生が自分でやらなくてもまずは見せて、聞かせてやって、それに応じるかどうか見るだけでも後々の足しにゃあなる。おい、カスミ、寺門先生が昔から好きだったもの、よくやっていた事、日々繰り返していた仕事は何かねえか」

するとカスミはムゴンと顔を見合わせ、眉を顰《ひそ》めた。

「昔から好きなことと言っても、今は思いつきません……一緒にやっていた事は掃除洗濯くらいしかないし……そういうことは寺門先生、今でも見てはいるから」

「大好物の食いもんとかは」

「ああなってからもちょくちょく作って出しているんですけれど、様子は変わらなくって」

顎《あご》に手を当ててそのやり取りを聞いていた感九郎が、もしかしたら、と呟くと、コキリが顔を向けてきた。

「どうした、青瓢箪」

「いや、これは思いつきなのですが……カスミさんたちが小さい頃から寺門殿と暮らしていたのなら、折り紙だの何だの一緒に遊んでいたようなことがあったのでは、と」

「それはありましたが……アタシたちは物心ついた時から色々な稽古《けいこ》ばかりしていましたから、本当に子ども騙《だま》しみたいなものです」

「それでも良いのです。何をしましたか」

「おっしゃる通りの折り紙もしましたが、本当に簡単なもので……アタシは小さい頃にあやとりが好きで、何度も先生にせがんで見せてもらったり、教えてもらったりしましたけれど」

それは良いかもしれぬ。

旅に出る前、ジュノとあやとりをした時には糸を繰りとるにしたがって子どもの頃のことを思い出した。

もしかしたらうまくいくかもしれぬ。

そう思った感九郎が口を開こうとすると、コキリが前のめりになった。

「あやとりか。いいじゃねえか。昔々にオレもやった覚えがある。子どもの遊びだが、ああいう素朴なものこそ手が覚えているもんだ……おい、青瓢箪《あおびょうたん》、糸といえば貴様だ。あやとりはできるか」

感九郎は困惑した。

「できはしますが……特に変わったものは知りませんよ」

「往来でやって金をとろうってんじゃねえんだよ。十分だ。寺門先生にあやとりを見せてやりゃいいだけなんだ。カスミ、お前《め》ェも手伝え……おい、肉達磨！　まだ文句はあるか」

「こんな急拵《きゅうごしら》えで、本当にうまくいくのかのう」

ジュノは頭《かぶり》を振っている。

「うまくいくかどうかわからねえのはいつものことだろう。それに、即席とはいえ手は抜かねえぞ。もう一段仕込んでやる……おい、久世、作った鎮静薬はすぐ飲めるのか」

「すぐ使うかと思って屋敷で煎《せん》じてあるが、火から下ろしてきたからごちゃごちゃと喋《しゃべ》っている間に冷めてしまったと思うぞ」

「そんなのは構わねえよ。むしろ都合がいいぜ。よし、ジュノ。貴様の出番だ。クロウがあやとりを見せている合間に、その薬を寺門先生にどうにかして飲ませろ。何とかして口に放り込め」

「おい、無茶を言うな」

「なんだ、江戸で一番の手妻をお見せ致す、などといつも言ってるのはありゃ全部嘘か」

「嘘ではないが……仕込みも何もしておらん」

「貴様も一端《いっぱし》の手妻師ならなんとかしろ。よし、ムゴンは久世について行って薬を取ってこい。クロウはあやとりの糸を準備しろ」

ムゴンや久世と一緒に居間を出た感九郎が、荷物の置かれた部屋まで行き、木綿糸を取り出して切り、輪に結んだその時である。

あの咆哮《ほうこう》が庵《いおり》を揺らした。

老鬼、もといい寺門が、すぐ傍にいる。

第十一章　感九郎、「鬼」をほどく

廊下に出た感九郎が見たのは、雨戸が開け放たれて縁側のようになった向こうに、正気を失った寺門が、まさに鬼の如く雄叫びを上げている姿であった。

その咆哮はまるで胸の底から己の罪を雪《すす》ごうとするようで、肺の腑《ふ》を絞り切り、肋《あばら》が潰《つぶ》れそうになるまで声を上げると、今度は地面にむけて力一杯足で踏みつけている。

その物騒な地団駄にも己への恨みが満ちているようで、感九郎たちは声を失った。

「クロウ、さっそくだが始めてくれ」

声をかけられて振り返ると、コキリたちも出てきている。

ジュノがいないのは寺門に薬を飲ませる用意をしているのだろう。

感九郎は頷くと、まだ地を踏みつけている寺門の方へ向き直った。

「気をつけろよ」

と小声で呼びかけてくるコキリに応えも返さず、糸の輪を手に提げ、慎重に歩を進める。

あやとりを見せるには剣の間合いよりも近づかねばならぬ。

一歩一歩近づくにつれ、空気がまるで水のように感九郎の肌にまとわりつくようである。

寺門も感九郎に気付き、少しは正気に戻ったのか、それとも単に観察しているのか、こちらを眺めている。

それを刺激せぬよう、感九郎はゆっくりと両手を差し出し、指へ糸の輪をかけた。

寺門は糸の輪を差し出され、困惑しているのか、微動だにしない。

——ええい、ままよ
感九郎は指で糸を取り、ゆっくりと一つ目の形を作っていく。

掌を握り込んで糸の間に潜り込ませながらできあがったのは「川」と呼ばれる型である。

寺門の表情は変わらないが、感九郎の手元を見続けている。

次の型へ移行しようとすると、横から手が出てきた。

見上げればカスミである。

「お手伝いさせていただきます」

カスミはそう言うと、ひょいと「川」から綾をとり、「船」を形作った。

見事な指捌きである。

感九郎がそれを取って「田」にするや否や、カスミが「菱」にするので、間髪を容れず感九郎も綾をとって「蛙」に変化させた。

型が再び「菱」へと戻り、「鼓」を通じて「川」に戻り、また繰り返しが始まる。

カスミの手が異様に疾《はや》く、それに負けじと感九郎も本気で指を捌くうちに、型が変わるのが目まぐるしいほどで、みるみる二巡、三巡、と回が重ねられていく。

こんなあやとりは、感九郎にとっては初めてである。

「先生、昔、こうやって速さを競いましたね」

カスミがそう言うので、感九郎は我に返った。

あまりに手を動かすことに没入していて、何故あやとりをしているのかをすっかり忘れていたのだ。

寺門の方を見遣ると、こちらの手元を眺めるその目の様子が変わったようである。

もしや、何かが思い出されているのだろうか。

その憶えが、寺門を正気に引き戻すのだろうか。

感九郎の胸に一抹の期待が芽生えたその途端、出し抜けに何処からか水が迸《ほとばし》り出て、寺門の口の中に飛び込んだ。

堪らず寺門は顔を背け、地に向けてひどく咳き込み始める。

慌ててその迸りの出所《でどころ》に目をやると、いつの間にかジュノが居て、指先を寺門に向けている。

「水芸がこんなところで役に立つとは思わなかったのう」

そう言いながら左脇を開け締めして、そのたびに水が指先から飛び出ているのだが、それはおそらく久世の煎じた薬なのだろう。

さすがは深川界隈にその名を轟かす人気手妻師、「なんとかして寺門に薬を飲ませる」というコキリの無茶な命を為し遂げたのだ。

しかし、次の刹那、寺門は顔を上げると足で地を踏み鳴らし、天を向いて凄まじい咆哮を上げた。

「馬鹿野郎、そんな飲ませ方したら怒るの当たり前だ！」

「『何とかして口に放り込め』と言ったのはお主だぞ！　その通りにしただけだ。飲んだ途端に昏倒するような薬ではないのか、あれは」

途端に始まるコキリとジュノの口論に、久世までが加わり、「あれはそんな薬などではない。飲み続ける者の気を和らげ、穏やかにするためのものだ」と大声を上げている。

しかしそんなことをしている場合ではない。

再びの絶叫があがっている。

いったいどうすれば良いのだろうか、と思った感九郎が、ふと目を遣《や》って色を失った。

廊下のすぐそこに立ちすくんでいるのは、真魚である。

寺門の絶叫で目を覚ましたのだろう真魚は、いったい何事かと目を見開き、言葉を失っている。

まずい、と思う間もなく、真魚がこちらを向き「感九郎さま」と呟《つぶや》くのと、それに気づいた寺門が飛びかかるのが、不思議にゆっくりと見えた。

間をおかず駆け寄ろうとするが、その迅《はや》さたるや尋常ではない。

真魚を張り倒し、その手で感九郎まで突き飛ばす。

倒れ伏す感九郎の目に見えたのは助けようとするジュノや二階堂を避《よ》け、真魚を肩に担いで走り去る寺門の姿であった。

「貴様ら、雁首《がんくび》揃えて何してんだ！　追うぞ、馬鹿野郎！」

コキリの怒号が聞こえる。

「だから急拵えはいかんと言ったろうに」

感九郎は、そう言いながら助け起こしてくれたジュノを先に急がせ、荷物のある部屋から小太刀を取り上げると、押っ取り刀で外に出て走った。

先の方に走る皆んなが見えるが、やはり「迷い家」へ向かっているようである。

真魚を助けなければいけない。

感九郎は疾走した。

こうなったのは自分が悪いのだ。

罪悪の念が沸き上がり、喉元《のどもと》に糸が絡むような感が感九郎を襲う。

真魚を旅に連れてきた己が悪い。

寺門から守れなかった己が悪い。

己が黒瀬感九郎であることが悪い。

気がつくと、雲の合間から陽が差してきていて、濃い影が地面で揺れている。

ひた走る感九郎の目にその影の様子が映った途端、妙なことが起き始めた。

一歩駆けるごとに、泥濘《でいねい》に足を取られるが如く、己が影に潜っていく。

次の一歩はそこから足を引き抜かねばならぬのかと思いきや、そんなこともない。

筋骨を纏《まと》う己の身は、そのまま地を駆けている。

影の深さは底知れず、まだ地面の近くにとどまっているが、何かの拍子に奈落《ならく》の底まで沈み込んでしまうかのように思える。

しかし、その奇怪な状況に面食らっている暇もない。

真魚を追わねば、と思ってさらに駆けようとすると、次の刹那にはすっかり元の身体に戻っていて、せせらぎにかけられた丸太橋を越え、「迷い家」に向けて走っていても何も変わったことはない。

不思議に思う間もなく、黒門の脇戸に身を潜らせ、中に入った。

見渡せば、皆んなが集まっているのは神社でも屋敷でもなく、蔵の前である。

己が影に埋められる感を気味悪く感じつつも、そちらに近づいていって思い出した。

先ほど、例の蔵の錠を開け放したままである。

急いで向かってみれば行く先はやはりあの蔵であり、扉の前の地べたに真魚が寝かされ、その前で仁王立ちした寺門とジュノ、ムゴンが対峙《たいじ》していて、周りを皆んなで遠巻きにしている。

真魚を取り戻そうとしたものの、寺門が何が何でも返さず、諍《いさか》いになっているようだ。

二階堂は怪我を負ったのか、うずくまっている。

唸《うな》り声もたてずムゴンがその怪力を以《もっ》て寺門に組み付くが、恐るべきは正気を失った人の力である。

獣のように身を震わせ、いとも簡単に振り解《ほど》くその様は、まさに鬼のようである。

生まれた隙をつくようにジュノが音もなく滑り寄って足を払えば、寺門もたまらずに転びかけるところへ、そのまま腰を払って見事に投げに移ったのは流石である。

しかし、寺門の身が翻筋斗《もんどり》を打つはずが、その片足が地面に杭《くい》で打《う》たれたかのように揺れもしない。

それどころか、軽い足捌《あしさば》きで元に戻ろうとするジュノの巨軀《きょく》を力任せに放り投げてしまった。

感九郎が寺門の前に出た時には、ジュノがまさにその身を地面に打ち付けられるところである。

「クロウ、気をつけろ！　尋常じゃねえぞ」

コキリの怒号を背で聞きながら、感九郎は左手に提げた刀の柄《つか》を、包むように柔らかく握り、辛うじて身につけている森護流《しんごりゅう》小太刀術抜刀の型の構えをとる。

影に潜りながらも、考えることは真魚の無事である。

剣が苦手など言っていられぬ。

真魚のためならば斬らねばならぬのである。

小太刀術の師である、老剣術家の言葉が脳裏に蘇《よみがえ》る。

——感九郎よ。大事なのは力を入れることではなく、抜くことだ。

——身体が泥のように溶けて、頭のてっぺんを、天からおりてきた細糸に吊《つ》られるように。

——目ははっきり見えていて、かつどこも見ないように。

感九郎が構えを充実させた時である。

無造作に近づいてきた寺門が腕を振り回して感九郎に打ちかかった。

間合いも何もない。

抜刀する拍子を失った感九郎が蹌踉《よろけ》ながら後退すると、鼻先を寺門の拳《こぶし》がかすめていく。

そのままなだれ込むように身体ごと突っ込んでくるのを身を捌いて避けると、背後のカスミたちが蜘蛛《くも》の子を散らすように逃げた。

小太刀を持ち直し、身を低く構えるところへ、寺門が向き直ってまたこちらに近づいてくる。

その振る舞い、表情、纏う雰囲気からだろうか、なぜかしら寺門の胸の内が手に取るようにわかる。

寺門は強烈な罪悪の念を感じている。

己が取り返しのつかないことをしたのだ、という自責の念に縛られている。

寺門が正気を失い、老鬼と化しているのはそのせいなのだ、という確信が湧き上がる。

感九郎の心が、胸中が、影の奥底が、その罪悪の念に共鳴する。

全ては私が悪かったのだ、と。

不意に、寺門が地に落とす濃い影を見れば、胸、おそらくは心の臓の周りにまるで幾重にも影の糸が絡みついている。

前にほどいた絡みは頭部だったが、そちらは形が普通になっている。

とうとう寺門が間合いに入ってきた時、出し抜けに、感九郎は小太刀を地に捨てた。

「おい、何やってんだ！　クロウ！」

コキリの怒号がここではない何処か遠くから聞こえるように感じる。

寺門が拳を振り上げ、近づいてくる。

まさに打ちかからんとする時、感九郎は突如、しゃがみこんで、己の影に向かい合う。

その首の部分に、やはり影の糸が絡み付いていて、それが寺門のそれと絡み方が似ているのを見て、やはりそうなのか、と思う。

自分も、寺門も「罪悪の念」に苦しめられているのだ。

そう思った途端である。

先ほどと同じく、自分が筋骨から離れて己の影に沈み込む感に襲われた。

辛うじて影の輪郭となっている地面にぶら下がってそれ以上落ちるのを免れている。

見上げると、肉体はそのまま蹲《うずくま》っているのが見えて、どうやら心だけが影に落ちているようである。

「おい、クロウ、ぼさっとしてんな！」

どこか遠くから怒号が聞こえてきた刹那、背中に強烈な打撃を受け、感九郎は地面に倒れ込んでしまう。

遅れてやってくる激痛が肋《あばら》全体を襲い、その痛みが感九郎を肉体に引き戻す。

息ができず、ひゅうひゅう、という音が喉《のど》の奥から聞こえるのみである。

間髪を容《い》れずやってくる地団駄を踏むような追撃を、身を転じて辛うじて躱《かわ》していると、寺門がぬかるみに足を取られて転げたようである。

一方、感九郎は身体が何かに当たってこれ以上転がれぬ。

起きあがってみれば、横たわる真魚で、息はしているがどうやら気を失っているらしい。

目の前には錠が開いたままの蔵の扉がある。

振り返ると寺門がゆっくりと立ち上がるところである。

真魚を守らねばならぬ。

感九郎は反射的に開いている蔵の錠前を外すと、重い木戸の隙間を開ける。

途端、忘却の彼方《かなた》から己への怨嗟《えんさ》を曳《ひ》きずり出すような咆哮《ほうこう》が背後で響く。

「嗚呼嗚呼噫嗟噫啞《ああああああああ》々あああぁぁぁ……」

感九郎は真魚を抱き上げ、戸の隙間から蔵に滑り入ると木戸を閉め、立てかけてあった古びた竹竿《たけざお》を心張り棒がわりに突っ張らせてから辺りを見回した。

中の様子が蔵の明かり取りから差し込む陽の光に浮かび上がる。

「座敷……牢《ろう》」

広い蔵の半分ほどを囲む太い木の格子と、山積みの書物。

文机。

そして撒《ま》き散らされた紙である。

これは何事かと呆然《ぼうぜん》としていると、背後で扉を滅茶苦茶に叩《たた》く音が聞こえる。

入ってきてしまう前に何とかしなければならぬが隠れるところもない。

感九郎は真魚を抱いたまま格子の扉を開けて座敷牢の中に入ると、静かに真魚を寝かせた。

扉を叩く音はしつこく、止むことはない。

感九郎は山積みになっている、埃《ほこり》だらけの本の一冊を手に取ったが、なぜか手が震えてしまう。

まるで身体が表紙をめくるのを拒否しているようである。

一方で、開かねばならぬ、という念が湧き起こる。

この蔵の中に寺門の秘密が納められているはずなのだ。

感九郎は表紙を指で摘んで開いた。

『変わり身一代記　一巻』と書いてある。

手で写し書いたものを綴《と》じた写本のようである。

中身は確かに乱津可不可の戯作《げさく》『変わり身一代記』であり、感九郎が何度も読んだことがある文が連なっている。

不思議に思い、次の一冊を持ち上げて表紙をめくってみると、やはり『変わり身一代記』の写本である。

おかしい。これは一体何なのだろうか。

埃が舞い上がる中、山積みになった本を片端から取り上げて表紙をめくる。

巻数はそれぞれだが、どれも『変わり身一代記』の写本である。

見渡す限りに積み重なる本も、散らばる紙も、中身は全てそのようである。

気がおかしくなりそうである。

出し抜けに寺門が蔵の中へ飛び込んでくる。

感九郎が我に返り、格子牢の扉の前に出て、ここは通さじと覚悟を決めると、その目の前で寺門は地に伏してしまう。

それだけではなく、まるで泣くかのように両の掌《てのひら》に顔を埋《うず》めるので感九郎は狼狽《ろうばい》した。

遅れて、コキリたちが蔵に入ってくる、二階堂もジュノも怪我はしているようだが、動けてはいるようだ。

ている。

「ここは……」

コキリが辺りを見回し、絶句している。

一方、地に伏した寺門は明かり取りから差し込む陽光に照らされて影を床に映している。

その胸のあたりに影の糸が幾重にも巻き付いて、絡んでいる。

感九郎は寺門の傍にしゃがみ込んだ。

この胸に、どんな謎が秘められているのだろうか。

どんな罪を犯し、何故自分を責め続けているのだろうか。

絡んでいる影の糸をほどけば、贖《あがな》われるのだろうか。

わからない。

自分がそこに手を加えることが良いかわからない。

しかし、機は熟してしまった。

己に絡む「影の糸」をほどいて欲しいかのように、寺門がここに伏している。

感九郎はその影へと手を伸ばした。

そのまま己の影の手の部分で「影の糸」を摘み上げて引いていくと、絡みつきがほどけていく。

ほどけるにつれて、子どもをここに攫《さら》ってきていた覚えと、この蔵でなされた事への罪悪の念が織り交ざり、感九郎の身体に流れ込んでくる。

そのうちに「影の糸」が、まるであやとりのような形になっているのに気がつくと、感九郎はそこに指を差し込み、ゆっくりと綾をとった。

そのまま何度か指を捌いているうちに、さらにその絡みつきがほどけるようになったので、指を抜き、また影の糸を引き始めた。

ジュノやカスミたちにその様子が見えているのかどうかわからぬが、まるで感九郎がしゃがみこみ、泣き伏している寺門を慰めているように見えるのかも知れず、ただ見守っている。

寺門はおとなしく、されるがままでいる。

そのうちに「影の糸」の絡みが酷《ひど》い最後のところを感九郎が引きほどいたその時である。

「ああ……」

ため息とも、感嘆ともつかぬ吐息が寺門の口から漏れ出た。

そのままふらりと立ち上がり、辺りを見回すその振る舞いは鬼とは程遠い。

曇りが取れ、理知の光が灯《とも》っている目で蔵の入り口の方を眺め、ゆっくりと口を開いた。

「カスミ……ムゴン……霧《きり》……」

「寺門先生？」

カスミが恐る恐る近づくと、悲しそうな笑みを顔に浮かべ「すまなかった」と呟《つぶや》いた。

「どなたか知れぬがこのお方が私を引き戻してくれたらしいことだけはわかる……あなたのおかげでこうして戻って来られた。ありがとうございます。ありがとうございます」

寺門はそう言って、感九郎の傍らに座り込んで何度も頭を下げた。

真魚を守ろうと必死でやっただけのことであるので戸惑っていると、今度は突然、胸を押さえて倒れ込んできた。

慌ててその身を抱えると荒い息を何度もしていて、尋常ではない。

カスミが慌てて何事かを叫び、ムゴンと駆け寄ってくるが、それをかき分けるように久世森羅が割り込んできて寺門の背中を触り、脈を取り始めた。

「むう……心の臓がやられておる。正気を失ってあれだけ暴れたのだから無理もない……誰でも良いから屋敷から儂《わし》の薬箱を持ってきてくれい！　薬研《やげん》の脇に先ほど作ったばかりの薬があるからそれも！　急げい」

「……お待ちください……久世殿」

寺門が荒い息の隙間で、皆が辛うじて聞こえるくらいの声で話し出す。

「私が己のことをわからなくなってしまってから何が起きたかは知りませんが……このお方に引き戻してもらった上、会いたい者がここに全員あつまっている……これも神仏のお導き……私はもう長くない。あの世へ行く前に、話しておきたいことがあります」

そう言いながら、息も絶え絶えである。

久世は目で合図をして、ムゴンに急いで蔵を出て行かせると、感九郎にしがみついている寺門の身体を横向きにさせて、少しでも喋《しゃべ》りやすくさせた。

「ありがとう……私を引き戻してくれたお人よ……ご迷惑をおかけしますがこのままお話しさせていただきます……私は私の『過去』に決着をつけなくてはいけない。私は謝らなければいけない。私は……私の過去を贖わなければいけないのです。私を引き戻してくれたお人よ、おそらく私はご迷惑をおかけしているはずなのです。そして……カスミをはじめ集まってくれている人たち、特に霧に聞いてもらいたい」

何事か分からぬが、寺門の必死の願いがその言葉から伝わってくる。

このような願いに当てられたら、聞かねばならぬだろう。

見渡せば、皆、神妙な顔で頷《うなず》いている。

寺門の背をさすりながら、感九郎も頷いたその刹那《せつな》、急転直下である。

三たび、泥に潜り込むように、己の影に沈んでしまった。

しかし、やはり肉体はそのまま寺門を抱えるように座ったままで、目で見えるもの、耳で聞くものは感九郎の心に届いている。

ただただ心だけが影に沈んでいて、まだ辛うじて地面近くにいるのだが、何かの一押しで奥底へ滑落してしまいかねない。

そして、寺門が話し始めるために息を吸ったその時、あっ、と思う間もなく感九郎は己の影の奈落《ならく》へと落ちていった。

＊＊＊

気がつけば、真っ暗闇の中に佇《たたず》んでいる。

己の影の奈落に落ちたはずである。

そのうちに、ぽつりと一つ、行灯《あんどん》が灯ってわかる。

感九郎は巨《おお》きな籠《かご》のようなものに囚われている。

暗いので何でできているかわからないが、無数の穴が空いた、いわゆる「目」のある壁に囲まれていて、感九郎の行き場をなくしている。

そばに囲炉裏があって、炭に火が入っている。

『また閉じ込められているな』と背後から声がする。

振り返ると、行灯に照らされてできた感九郎の影が揺れている。

感九郎と同化した白装束が喋っているのだ。

「影の中にも影はできるのですか」

『会うなりそれか……光があれば影ができる。たとえ影の中でもだ』

「ここはやはり私の影の中なのですか？」

『まあ、そうだな。おっと、この間のお前が俺を閉じ込めていた「穴」とは違うぞ。いわばここはお前の「過去」だ』

「『過去』？」

『そうさ、そこに居るだろう？』

見れば、子どもが独り現れて座っている。

手持ち無沙汰《ぶさた》のようで、火箸《ひばし》で炭をずっといじっている。

『それがまさにお前の置き去りにしてきた「過去」だ』

「今はそれどころではないのです。私は話を聞かねばならないのです」

寺門の「過去」を贖わねばならない。

『それは大丈夫だ、向こうの事、お前の身体に付いている目で見たもの、耳で聞いたことは伝わってくる。お前はここに居ながら向こうにも居るのだよ……そんなことよりも、お前はここでお前自身の「過去」に決着をつけなければならない』

「決着？」

『そうだ。そうでなければお前はこの先ずっと「過去」に囚われたままだ』

「……どうなるのですか」

『まあ、良くて傀儡《かいらい》だな。お前は己の過去に操られる人形として生きていくことになる』

そう言う影の声は静かで冷たかった。

＊＊＊

「霧……霧、何処にいるか」

「何だよ、寺門先生」

コキリが不機嫌そうにやってくる。

「私は……お前に謝らなくてはいかんのだ」

「何だよ。何にも悪いことしてねえだろう。むしろオレを助けてくれたじゃねえか。何十年も何百年も仕事続き、旅続きで疲れたオレの身も心も治してくれたのは寺門先生とカスミたち。あとはここの温泉なんだぜ」

「……いや、私はお前に謝らなければいかんのだ。私は罪悪の念に苛《さいな》まれ、阿片《あへん》に溺《おぼ》れ、そしてこうなってしまった。それほど私の罪は深いのだ……しかし、そう言っても分からんだろうから、昔語りを聞いてもらうことになる……身体が保《も》てば良いが……」

そこへムゴンが手提げのついた箱を持って戻ってくる。

久世は手際良く箱から丸薬を取り出すと掌《てのひら》の上で割り、一片を寺門の口に押し込んだ。

「少し痺《しび》れるが舌の下で溶かすように飲みなされ。痺れと苦味が辛《つら》くなる前にこの水で飲み下すと良い」

そう言って竹筒の水を口元へ持っていく。

「儂は腐っても医者だ。このような状況で長く話すなど死ぬかもしれぬから、本来であれば、止めなければならぬ」

「……久世殿、後生だ。もし生き延びても正気を保てるかどうか分からん。今のうちに話させてくれい」

「いま飲ませたのは心の臓に効く妙薬だ。それでも無理をするのはいかんが……命はその持ち主のものだ。悔いなく話されい」

不機嫌そうにそう言う久世は、それでも真摯《しんし》に応じているように見える。

寺門は薬を飲み下すと、幾分か楽になったようであった。

起き上がりはせぬが、顔に血を上らせると、礼を口にして訥々《とつとつ》と語りはじめる。

「知っている者も知らぬ者もいると思うが……悪党を集めた『一目連』という一党がある……ああ、ここにいる皆が知っているのなら話が早い……しかし、その一党がどうして出来たかは知らぬだろう。今でも『一目連』の要職に就いている者しか知らぬのだから」

「どうしてできたか、だと。そりゃ悪事を働きてえ、金を奪いてえからじゃねえのか」

　コキリが眉根《まゆね》を寄せてそう言うと、寺門はわずかに首を振った。

「事はそう穏やかじゃないのだ。時は三代将軍、家光公の時代に遡《さかのぼ》る……その家光公の弟で後の駿河大納言凸橋忠長様が悪党の組織『一目連』を創り出した祖にして初代の頭目なのだ」

　皆が息を呑《の》んだ。

＊＊＊

　影の言うことが良くわからぬ。

　感九郎が困惑していると、影が素早く揺れた。

『ほら、また始まるからよく見ろ』

「『また』始まる？」

『見ていればわかる』

　仕方がないので黙っていると、子どもの前に大人の男女が二人現れ、どうやら子どもの父母のようである。

　何をするかと思えば、おもむろに口論を始める。

子どもはその場に居づらそうに身じろぎをする。

そのうちに、子どもは自分に非があると思ったようで、謝り始める。

気がつけば、だんだんと父母の周りに人が増えて来ていて、子どもはその者たち全てに謝っている。

そのうちに謝り切れぬと思ったのか、それとも疲れ切ったのか、子どもは伏して亀のように丸くなってしまう。

そうすると父母をはじめ、あれだけ多く居た者たちが、蠟燭《ろうそく》の火を吹き消すように居なくなってしまう。

残った子どもも、いつの間にか消えてしまった。

いったい何事かと思っていると、また子どもが現れた。

その次に父母が現れ、再び同じことが起きる。

感九郎が呆気《あっけ》に取られていると、影が呆《あき》れたような声を出した。

『あの子どもはあれをずっと繰り返しているのだ』

「いつからですか」

『そうだな、お前が子どもの頃からだろうな』

感九郎は衝撃を受けた。

寺門は語り続けている。

忠長の受けた不遇の扱い。

徳川が恐れた「過去」、織田、豊臣の血をめぐる様々な思惑。

寺門の語りは訥々としていたが、それを聞く皆は、決して切れぬ糸が張ったように緊張していた。


***

「……そういう因果な巡り合わせのもと、忠長様はある考えに至るようになった。幕府は本来、天下統一を成し遂げた織田や豊臣の手にあるべきだ、と」

「つまり、幕府を転覆させようとしたということか」

二階堂が厳しい顔をさらに渋くさせて声を上げると寺門は頷《うなず》いた。

「まあ、そういうことだ。しかし、大名たちは幕府に統制されていて身動きが取れない。怪しい動きがあれば改易、お家取り潰《つぶ》しの憂き目に遭うだけだ。そこで忠長様は裏の世界の力、つまりは悪党、盗賊、博徒、侠客《きょうかく》、そういう者たちの力を一堂に集めてこの国を牛耳ろうとしたのだ。その動きは初めは小さいものだったが、だんだんと大きくなっていった。なにせ、不遇の扱いを受けているといっても将軍様の実弟。そこいらの悪党たちでは出来ないことがいくらでも出来たのだ……そのうちにその悪党たちの一党に『一目連』という名をつけた」

「それを知ってからずっと思っていたのだが、何故そんな名をつけたのだろうな」

そうジュノが問うと、寺門はひとつ唸《うな》った。

「うむ。それは伝わっていないので私は知らぬが……」

すると、首を傾げながら聞いていた二階堂が頷きながら口を開いた。

「拙者にはわかる気がする。一目連というのは雨風を統《す》べる一つ目の龍神《りゅうじん》で、紀州の方では山の神と同じとされているが……煎《せん》じ詰めれば山だの雨だの風だの、自然を司《つかさど》る古い神だということだ。鉄やら木やら、自然から都合良く奪って里や町でいま栄えている人間に怒る神でもあるのだ。奪われて怒る『過去』という意味では織田と似ているからな」

「忠長の怨嗟《えんさ》と同じ感を持つ神だからこそ、その名を借りたのかもしれぬ、ということかのう」

「実際にそうだったかはわからぬがな」

二階堂とジュノのやり取りを聞いていた寺門は、そうかもしれぬな、と呟《つぶや》いて話を続ける。

「……そしてもう一つ、忠長様が手下《てか》の者たちや『一目連』に命じたことがある」

そこで、寺門が黙ってしまった。

心の臓に何か起きたか、と心配でもしたのか久世が慌てて覗《のぞ》き込んできたが、そういうわけではないらしい。

しばらく後、寺門は苦悩しながらまた語りはじめた。

「忠長様は『不老不死』を望まれたのだ」

「不老不死……」

コキリが呟いた。

寺門はしばらく口をつぐんでいたが、一つ唸ると、重々しく口を開いた。

「金と手間を惜しまず、手下の者たちに、何が何でも忠長様が不死になるよう、古今東西の話から薬から何から集めさせた。『一目連』には医者から拝み屋まで様々な者たちが与していたから、そういう奴らを集めて様々なことを検分させた」

「何故にそこまでして、不老不死を望んだのですか」

二階堂が声を上げた。

化け物好きとして聞きたいのか、役人として聞きたいのかは既にわからない。

寺門は深いため息をついた。

「それは簡単な話だ。忠長様は頭の良いお方だったから、自分一代で幕府を転覆させる事は叶《かな》わぬことをご存じだったのだろう。何百年生きても、織田、豊臣の血に天下を取り戻したいと思ったのだ。そして、それはある意味、達成された」

驚愕《きょうがく》が蔵の中に満ちた。

「不老不死」は達成されたのか。

やはりコキリは、そして久世森羅は不老不死なのか。

もはや、誰も喋《しゃべ》ろうとするものはいなかった。

＊＊＊

感九郎が絶句している間にも、目の前で子どもがひたすらに謝り、疲れて亀のように丸くなり、皆が消えていき、子どもも消えてしまう。

それを繰り返している。

「……何故これが私の過去なのか、わかりません」

ここまで父母に謝るような事があっただろうか。

だいたいが、すでに勘当されて家を出ているから関係も絶っている。

『人というのは己のことについて、驚くほどわかっていないものなのだ』

影が大きく揺れてそう言った。

その間にもまた子どもが謝りはじめる。

『お前、よく「こうなったのは自分が悪いのだ」と考えているだろう』

「それはそうかもしれませんが、しかし、身の回りに起きる物事には自分にもその責があるのも確かかと」

『それはそうなのだが……ならお前はあの子どもを見て、本当に悪い奴だ、彼奴《あやつ》は謝らなければいけない、と思うのか』

目の前で、子どもが多くの者たちに頭を下げ続けているのを、感九郎は見つめた。

＊＊＊

「不老不死、などというものはあり得るのですか」

声が上がったので誰かと思えばエマである。

「わたしは神社の生まれで、不思議な話を多く聴いて育ちましたから、信じないわけではありません。八百比丘尼《やおびくに》の話もありますし、そういうことも無くはないのだろうと思いますが、実際に目にするかどうかはまた別です」

その気持ちは多くの者が賛同するところだろう。

寺門はまた深くため息をついた。

「……忠長様にとってはあり得たのだ……否、それでは伝わらんだろうから、ありのままを話さねばなるまいな……手下の者、『一目連』の医者や呪《まじな》い師は必死になって『不老不死』を追い求めた。それは何故かは簡単だ。見つけられなければ自分たちが忠長様に殺されるからだ。当時、忠長様はすでに正気を失っていたという。乱心してたわいもないことで周りの者を切り捨てた。そのまま死ねた者は運が良かったとまで言われるほど残虐な行いもあったと言い伝わっている。実際、『一目連』でも殺されたものが何人もいて皆、忠長様のことが怖かったのだ」

「しかし、先ほど『不老不死』は達成されたと」

二階堂が声を上げると、寺門は一つ唸った。

「『ある意味』達成されたと言ったのだ……『一目連』に与する者たちは、ある時から『不老不死』を追い求めるのをやめてしまった。諦《あきら》めてしまったのだ」

「やめた？　それもまたおかしいのう。それではやはり忠長に殺されてしまうではないか」

ジュノが片眉《かたまゆ》を上げて疑念を口にすると寺門はまた頷いた。

「そうだ。だからそれを避けるために別の事を追い求めはじめた」

「別の事？」

「彼らは考え方を改めたのだ。『不老不死』が為せないなら、忠長様に『己が不老不死になった』と思い込ませれば良いのではないか、と」

ジュノが、二階堂が、息を呑《の》んだ。

カスミとムゴンは目を落とした。

そして、コキリは目を見開いていた。

＊＊＊

「この子どもが謝っているのも、いささかわからないのですが」

感九郎がそういう間にも目の前から多くの者が消え、子どもが消えていく。

影はしばらく動かなかったが、震えるように揺れるとまた喋りはじめた。

『そうか、やはり己のことはわからぬのだな……子どもというのはな、大人ほどものをわかっていないだろう。だからこそ、親が喧嘩《けんか》をしていると、自分が悪いのだ、と思いやすいのだ』

「そうなのですか？」

『まあそうだろうな。心の根っこを見れば「心地よい」か「心地悪い」かしかないだろう。子どもならば特にそうだ……自分がいてふた親が機嫌良ければ「心地よい」。機嫌悪くて喧嘩してりゃ「心地悪い」、そうなるだろうよ……転じてな、大人になって気持ちが落ち込んだり、自分を責めたりするっていうのは、あれは元を考えたら「心地悪い」ってことだろう？』

「その語りはいささか雑に思えます」

『そうか？　心地よければ気落ちしたり自分を責めたりすることもあるまいに』

「それはそうかもしれませんが……特に所以《ゆえん》がないのに『自分が悪い』と思うことがあるのでしょうか」

『心地の良し悪しに理屈はないだろう。心地悪いな、と思えばそりゃ「自分が悪いかもしれない」という思いとも紙一重なのだ。子どもはまだ色々なことがよくわからんからな、親がよく喧嘩してりゃあその子どもが何かにつけて「自分が悪い」と思うようになってもおかしくないのだ。親の喧嘩など心地悪くてたまらぬからな。

そのうえ、子どもだと逃げる場所もない』
確かにそうなのかもしれぬ。

＊＊＊

寺門は語り続ける。

「蘭方や唐からの話も集めた『一目連』の医者たちは、人にものを思い込ませるやり方があるらしいことを突き止めた。どうやら此処《ここ》みたいな薄暗い蔵の中へ人を閉じ込め、阿片《あへん》やら何やらを使い、同じことを繰り返させるとだんだんと思い込むようになるらしい。破落戸《ごろつき》どもを使って検分してみると確かにそういう向きのことが起こったが、死んでしまう者、普通の生活に戻れない者が多く出た。それでは拙《まず》いから、やり方をさらに工夫していくうちに『自分が不老不死だ』と思い込ませることができるようになった」

恐ろしい話である。

人に何かを思い込ませるというのは、その者の心を牢《ろう》に閉じ込めているのと一緒である。

寺門は語り続ける。

「ある時、忠長様が荒ぶられた時、斬り捨てられそうになった『一目連』の幹部が苦し紛れに『食べれば不老不死になる人魚の肉を手に入れた』と言ってしまった。それを信じた忠長様は『不老不死の儀』を受けることになったのだ」

もう誰も口を開かなかった。

そして寺門も、覚悟を決めたように、先ほどまで澱《よど》んでいた語り口が澄み、滞りなく言葉を継いでいく。

「忠長様は薄暗い蔵に自ら幽閉され、何度も阿片を吸わされながら『人魚の肉』を食わされたらしい。その実、それは鰺《あじ》やら何やらの干物だったそうだがな……運の良いことに、忠長様は正気を失わず、お身体にも障りはなかったらしい。そして遂《つい》に、忠長様の心のうちで『不老不死』は達成された。切腹された時も、己は死なず、永遠に生きると、心底から信じられていたそうだ……」

ここでしばらく寺門は口をつぐむと、ゆっくりと身を起こそうとした。

久世がやめさせようとする手をよけると、あぐらをかき、また話しはじめた。

「人の心というものは不思議なもので、自分が不老不死だと信じていると、あまり老けなくなるらしい。忠長様は切腹されるまで、歳のわりには若々しく在られたそうだ……そして、ここで話は終わりではない。いや、ここからが大変なのだ」

寺門は顔を顰《しか》めると、ゆっくりと息を吐いた。

＊＊＊

影が揺れて語り続ける。

『それだけではない。親の仲が悪いのを見て「自分が悪い」と思うようになった子どもは、長じて、何につけても「自分が悪い」と思うようになる』

「どういうことでしょう……」

『親の仲が悪いのは親の都合なのに、自分のせいだと思うわけだから、元々、理など通っていないのだ。身の回りのことなら何でも「自分が悪い」になるのさ』

そもそも、理が通っていないというのは確かにそうなのだろう。

こうやって子どもが謝っているのを見ていても、何故だか訳がわからないのは、そこに理が通っていないからに違いない。

しかし、子どもの側からしてみれば「謝らなければならぬ」と真に迫っているのだろう。

「それではただの思い込みではないですか……」

感九郎がそう呟《つぶや》くと、影が笑うように揺れた。

『そうだ。ただの思い込みなのだ』

感九郎は目を見開いた。

悪いことをしたのであればともかく、思い込みを元に、謝り続けなければならぬ道理などあるだろうか。

しかもこんな年端もいかぬ子どもに。

そう憤ったが、それが自らの胸中で起きていることだと思い出すと、怒りを越して一転、馬鹿馬鹿しくなった。

なんだ、己はそんな思い込みのために自分を責めていたのか。

そうして落ち着いてくると、一方で安堵をしている自分にも気がついた。

あの訳のわからぬ自責の念の正体が垣間見えたからである。

感九郎は眉間に皺を寄せ、むう、とひとつ鼻を鳴らすと腕組みをした。

＊＊＊

「忠長様が切腹されて後、『一目連』はなくならなかった。組織というものは動き出すと生き物のようにあり続けようとするものなのだ。しかし、頭目を誰がやるのか、という問題が出てきた。争いが起こって随分と血が流れたそうだ。様々な事を経て、決まったのは恐ろしいことだった。『一目連』から有志を募り、『人魚の肉の儀』を行って生き延びた者、正気を失わなかった者の中から新しい頭目を選ぶことになったのだ」

「それは……何か意味があるのかのう。己が不老不死だと信じていることが、良い頭目だとも思えんが」

重い空気の中、ジュノが口を開くと、寺門は何度か頷《うなず》いた。

「その通りだ。だからこそその『人魚の肉の儀』は忠長様が受けられたものだけで終わらなかった。頭目候補となった者は不老不死になるだけではなく……さらにもう一回、忠長様となるために同じ儀式を受けることとなったのだ」

「忠長に……なる？」

「その儀式で、今度は『己は凸橋忠長だ』と思い込むようになるのだ。そうやって『一目連』は代々の忠長様を頭目に戴《いただ》いてその活動を続けることとなった」

「そんなことが……できるのか」

「ある程度は可能であった。もちろん全ては無理であったし、多くの者が脱落した。代々の忠長様が何を成したのかを細かくまとめたものを微に入り細を穿《うが》ち、頭に叩《たた》き込むだけでも頭目として役に立ったのは間違いない。それに、下っ端の破落戸《ごろつき》どもはともかく、要職につく大悪党どもを束ねるにはそういう神話が必要なのだ。『我々の頭目はあの駿河大納言凸橋忠長様である』という話で皆がまとまるのならばそれで良い、と考えたのだろうな」

その応《いら》えを聞き、ジュノは腕組みをして唸《うな》っている。

寺門は自嘲《じちょう》気味に笑うと、話し続けた。

「私も若い頃に、頭目になろうとして『人魚の肉の儀』を受けた。その時は運良く正気も保て、生き延びもしたのだが、性が合わなかったのか、まったく己のことを不老不死だとは思えんかった。同じくして儀式を受けた者の中に天才的に相性が良かった者がいたらしく、とんとん拍子にその者に頭目は決まり、現十一代忠長様とおなりになったそうだ。今までにないほど『忠長様』が心の中に生きているらしいが、残念ながら私はお目にかかったことはない」

この時、コキリは目を大きく見開いたまま、ただ虚空を眺めていた。

「さて、私は罪を贖《あがな》わなくてはいけない」

寺門はそう呟くと、コキリと向き合った。

＊＊＊

「私はどうすれば良いのでしょう」

感九郎がそう言ったのは、子どもと自らが、罪の念に取り憑かれているのをどうにかしたくなったからである。

『そうだな。この子どもを安心させてやるのが必要だが……暗闇の中でずっと謝り続けてきたからな、なまなかなことでは安心などしない。難題だな』

影がそう冷たく言うので、感九郎は腕組みをした。

「ううむ、確かに難題ですね」

『おや、お主、もっと困って焦るかと思ったのだが肝が太くなったな。先だって、俺がお前から出てゆこうとした時には焦っていたではないか』

「肚《はら》が据わったわけではないのですが……いえ、私がよく焦ったり、自分を責めたりするのはこの子どもが謝っているからだと思うと、馬鹿馬鹿しくなりながらも、少しほっとしまして」

『おかしなやつだな。お前の来し方であるこの子どもと決着をつけなければ、ずっと「過去」に囚《とら》われるのだというに』

「いや、私に似ていまして……私の『過去』だから当たり前なのかもしれませんが」

『似ている？』

「おそらく、決着をつけるというより、こうしてやれば良いのではないかという案はあるのですが、それが正しいのかどうなのか……」

そう呟くと、感九郎はゆらめく影を尻目《しりめ》に、子どもの傍に座り込んだ。

＊＊＊

「霧よ。聞いてくれ」

寺門の呼び声に、コキリの視線だけが動いた。

「私はお前に酷いことをした。ここまで話をしてもうわかっているかと思うが、私はまだ子どもだったお前に『人魚の肉の儀』を受けさせたのだ。すまなかった」

「オレは……不老不死じゃねえのか……」

コキリの声はひび割れていた。

「そうだ。儀式のせいで、そう思い込んでいるだけなのだ……ここは頭目になり損なった私に任された組織の施設で、元々、古くは初代忠長様の不老不死のために建てられたものだったと聞いている。当時は呪《まじな》いに近いことをやっていて、神社に不老不死の神を祀《まつ》ったりしていた」

「ああ、それで徐福なのだな」

二階堂の呟きに頷きながら、寺門は話し続ける。

「いまは『秋河屋』の離れになっている数々の庵《いおり》も、もともとは忠長様の不老不死のための呪《まじな》い、唐でいうところの風水なのだ。『秋河屋』の主人はこの屋敷や神社を任される者が兼ねていて、何代か前の者が庵の名前を変えてしまった。今は暦の十干の名前がついているが、本来は人の五臓六腑《ごぞうろっぷ》の名前がついていた。十干と同じ陰陽五行の『木火土金水《じん》』に対応させて、陽が胆・小腸・胃・大腸・膀胱《ぼうこう》、陰が肝・心・脾《ひ》・肺・腎、となっていたのだ。名としては確かに十干の方が風流なのだが、本来の意味は薄れてしまった」

ああ、とジュノが吐息を漏らした。

「それがしの居た『丁《ひのと》』に『心』という掛け軸が下がっていたのは、あれは心の臓の『心』なのか……」

十干では陽が兄《え》、陰が弟《と》となる。

「丁《ひのと》」は火の弟、つまり火の陰のことで、心臓を指すのだ。

そうすると、「甲《きのえ》」の木にかかっていた「月旦」は、「月と夜明け」の意ではなく、胆嚢《たんのう》の「胆」、そして「戊《つちのえ》」にかかっていた掛け軸の「田月」は「胃」だったのだろう。

それぞれの趣向がやたらと凝っているのは、数寄者《すきもの》のためではなく、忠長の命を受けて必死になった結果に違いない。

「それがずっと使われなくなっていた。当たり前だ。不老不死は別の意味で達成してしまったのだから。それで組織は私に攫《さら》わせたり買わせたりして子どもたちを集め、様々な検分をしようとしていたのだ。覚えは朧《おぼろ》げだが、どうやら私が我を失っている時には人を攫い、争ってでもここにつれてこようとしていたようだな……それも私のしてきたことを繰り返していたに過ぎぬよ。色々な方に迷惑をかけたに違いない。私は浅ましき人攫いなのだ。そうして攫ってきた子どもたちに幼い頃から体術や剣術、手習を仕込んで役に立つ人材にもしたかったのだが、『一目連』の幹部が企んでいたのはより完全な忠長様の顕現だった。そのために幼い頃から子どもに様々なことを仕込んで、完全な頭目の『器』を作ろうとしていたのだ。私はそれを断り続けていた。子どもに『人魚の肉の儀』を受けさせるなど以ての外だ。あれは大人が野心を持って自らの意思で受けるものだ。過酷で、正気を失うかもしれん。下手すれば死んでしまう。しかも、組織から子どもで試すよう注文されたのは、より長きに渡って儀式を続けることだった」

「長き……とは」

二階堂が呟《つぶや》くように訊《き》いた。

「三年やれ、と言われたのだ」

＊＊＊

感九郎が子どもの顔を覗《のぞ》き込むと、無表情で、のっぺらぼうを彷彿《ほうふつ》とさせる。己を責め続けていて、何かを思う余裕もないのかも知れぬ。

「名を教えてくれるか」

感九郎がそう問うても何も反応がない。

目の前に現れた父母に謝ることに没頭している。

感九郎は顎《あご》を撫《な》でながらしばらく待ったが、感九郎に気づく素振りもない。

『どうだ、やはり難題だろう』

影が面白そうに言うのへ頷《うなず》くと、感九郎は懐紙を出し、それで簡単な折り紙をつくってやった。

子どもはそれに目もくれなかったが、多くの者相手にひたすら謝った末、消えていく前に、その折り紙をちらりと見たのを感九郎は見逃さなかった。

ふむ、と感九郎は鼻を鳴らして頷いた。

＊＊＊

「三年！　寺門殿、お主、子どもを、コキリを三年も蔵に閉じ込めたのか！　正気の沙汰《さた》ではない！」

ジュノが激昂《げきこう》した。

寺門は床に両手をつき、今までより大きく、静かに声を出した。

「だから私は謝らなければいけないのだ……はじめは二十人ばかり居た子どもたちが流行《はや》り病で次々に死んでいったのが霧が十歳の時。私は滋養のある食べ物と薬を送ってくれるよう組織に願ったが、返ってきたのは『子どもはまた攫ってくれば良い』という冷酷な文だけ。その間にもどんどんと子どもたちは死んでいき、生き残りの中で一番年長だったのが霧だった……ああ、霧。儀式のせいで忘れてしまったかも知れぬが、お前と妹の霞《かすみ》は私が名付け親なのだ。頭ばかりが良くて、妹にも背丈で抜かれるほど小柄で、小霧という呼び名をつけたのは私だ」

寺門の声はみるみる嗄《しわが》れていった。

泣いているのだろうか。

「時を同じくして、何十冊もの本と共に、その本を使って三年にわたる儀式の検分を為《な》せ、という命が書かれた文が送られてきた。もしその検分を為すなら、金と食べ物、薬を送るということも書かれていた。私は悩んだ末、霧に話をしてみた。霧は優しい子で、自分が生き残って周りの子どもが死んでいくことを人一倍悲しんでいた。その時に生き残っていたのは霧とカスミ、ムゴンともう一人だった」

「……オレが育った神社だか寺だかは此処《ここ》だったのか」

コキリのひび割れた声に、寺門は身を起こすと「そうだ」と応《いら》えを返した。

その顔は涙を流さずに泣いていた。

「ああ、霧……身体は小さいのに、芯《しん》の強い子だったから、私はお前に甘えてしまった。霧が不老不死になれば、薬も滋養のある食べ物も手に入る、と言うとお前は嫌がりはしたものの、結局は頷いた。もう数が少なくなったカスミら他の子どもたちを助けたい、と言っていた。心を鬼にして、私が組織にその旨を伝えると、滋養のある食べ物を沢山携えて、蘭方医がやってきた」

「それが儂《わし》だ」

久世がそう言って、大きくため息をついた。

「儂は最初の一ヶ月、ここにとどまっただけだから、子どもに施した儀式がどうなったかなど知らぬし、知らされもしなかった。ごく弱い阿片《あへん》をひたすらに焚《た》き、心持ちに効く漢方薬を煎《せん》じて与えるそのやり方を伝えるだけであったからな。儀式を受けている子どもは常に写本をしていて話すこともなかった。こうやって再会するとは」

そう続けるのに、ジュノが「やはりお主も不老不死ではなかったのだな」と呟いた。

「当たり前だ。不老不死などやたらとあるものではない」

久世が呆《あき》れたようにそう言うと、そりゃそうだのう、とジュノが応えを返した。

＊＊＊

『何をやっているのだ』

影が揺れながらそう言うと、感九郎は「待っているのです」と答えた。

すでにまた子どもが出てきて、火箸《ひばし》で囲炉裏の炭をいじっている。

そのうちに父母が姿を現すと、口論を始める前に感九郎は父親のところへ寄った。

「草双紙のような子供用の本はありますか」

と聞けば言葉にならない声でわあわあと喚《わめ》いている。

どうやら無いらしいので、では失礼、と今度は母親の方へ行ってみる。

「糸はありますか」

そう聞くと、何処からか裁縫箱を持ってきて縫い糸を出すので、もう少し太い糸を所望すると、今度は手頃な木綿糸を寄越《よこ》してきた。

太さもちょうど良いので、それを持って戻ると、子どもから編み針がわりに火箸を借り、灰を落として木綿糸を絡め、メリヤスを編み始めた。

「もし話したくなったら話してもいいし、黙っていてもいい」

そう言って感九郎がするすると メリヤスを編み始めると、子どもは興味を惹《ひ》かれたらしく、糸を手繰るその手元をじっと見つめている。

父母が口論を始めても、そちらの方には目もくれず、子どもが謝り始めないものだから引き際がない。

そのうちに摑《つか》み合いの喧嘩《けんか》を始め、周りに出てきた他の者たちに止められる始末である。

そうなっても子どもは感九郎の手元をまじまじと見続けている。

そのうちに父母や他の者たちは消えてしまったが、子どもは居なくならずにそのままである。

面白く思った感九郎は、編み上げた編み地から火箸を抜くと、糸端を子どもに引っ張らせた。

するするとほどけるのを面白く思ったのか、ほどけきった糸を弄《もてあそ》び続けている。

それを見て、感九郎はまた編み始めた。

＊＊＊

「『人魚の肉の儀』を受ける者は、閉じ込められている間、阿片を吸いながら写本をさせられる。それも『一目連』が時間をかけて作り上げた本で、書いていると己を不老不死と思い込むように巧妙に工夫された文が並んでいるのだ。本来であればそれだけで済むから一ヶ月くらいで蔵を出られるのだが……しかし、霧に課せられた儀式では、その後も続けて今の頭目が用意したさらに長大な文章を写本させられた。今まで『一目連』で用意されていたものよりも詳しく、初代忠長様をはじめ代々の組織の頭目の人生が書かれた、何十冊もの本がこの蔵に運び込まれた。おそらくは完全なる『忠長』様を顕現させるためにそうさせたのだろうが……私などにはその思惑はわからぬが、なぜか今の頭目は自分で著したその本を版元に渡し、乱津可不可という筆名を使って戯作《げさく》として世に出していた。その題名も皆は聞いたことがあるだろう、『変わり身一代記』という。あの江戸で知らぬものはない戯作を書いた乱津可不可は現『一目連』頭目の十一代忠長様なのだ。霧は三年もの間、その『変わり身一代記』という、組織を指揮した代々の頭目の人物伝を繰り返し写本させられ続けたのだ」

寺門はそう言うと、疲れたのか、土下座をするように身を伏した。

息切れしているところを見ると、心の臓が弱っているのかも知れない。

久世が止めようとする手を払いのけて、そのまま寺門は語り続ける。

「霧が蔵の中で心身を疲弊させて、身動きも取れないような状態になってしまった頃、三年の年季が明けた。出てきた霧を、流行り病を生き残ったカスミとムゴンの二人で介抱する日々が続くうち、おかしなことに気がついた。霧が自分のことを不老不死だと思っているのはわかったが、どうやら『忠長』様にはなっていない。失敗したかと思い、身を起こせるようになってから、長い時をかけて話を聞いてわかった。霧は初代忠長様の頃に生まれて人魚の肉を食わされ、代々の『一目連』頭目の人生を生きた戯作者、乱津可不可だ、と思い込んでしまっていたのだ！　そうして、私のこと、カスミやムゴンのことも忘れてしまっていたのだ。私は自分を責めた。そうしてそのうちに残った阿片を吸うようになった。阿片に逃げたのだ……許してくれ、霧。私はお前の子ども時代を奪っただけではない。偽の『過去』を植え付けてしまった。お前は不老不死でも乱津可不可でもない。他の子ども達のことを思う、優しい霧なのだ。本当にすまない……すまない……すまない」

寺門は苦しそうにしている。

そして、コキリは、虚空を見つめていた。

感九郎がメリヤスを編んでいると、子どもはまた夢中でそれを見ている。

やりたそうなので、編み針代わりの火箸を渡して手ほどきをすると、メリヤスは難しいようで、なかなかうまくいかない。

そこで一計を案じて糸を切って輪にし、あやとりを見せ始めると、やはり興味を示すのでこんどはそちらを手ほどきし始めた。

しばらくそうした後にもう一回メリヤスを教えると、簡単な事はできるようになり、今度はそればかり一心不乱に編んでいる。

そんなことをしていると、父母も他の者もまた現れたりせず、子どもも謝ったりすることもない。

影が揺れて声を上げた。

『見事だ。普通は父母の喧嘩を止めようとするか、子どもの謝るのを止めようとするかなのだが』

「メリヤスに限らず、読み本でも細工物でも、子どもの頃からなぜ私が好きだったのかがわかりました」

　感九郎は快活に答えた。気分がすっきりとしている。

『いきなりどうした』

「全ての人にとって、過去には、様々な事柄があるのだと思います。それを全て解決することはできない。自分の力不足もあるだろうし、世の理《ことわり》を超えることもできない」

『それはそうだな。己の限界を超えようとして死んでしまう者、世の理に打ちひしがれる者も多い』

「そんな時に必要なのは、解決する力ではないのだ、と思います」

『ほう？　というと何が必要なのだ』

「解決できない『過去』と共にありながら、それでも自分が元気であり続けるための力が必要なのではないかと」

『それは難しい話ではないか。解決できなければ元気が出ない者も多いだろうに』

「もちろんそうでしょうが、わずかな事柄がきっかけになって前向きになる事が多いのも事実です」

『それはそうかもしれぬな……この子どもの場合はメリヤスがそれになったという

ことか』

「私の『過去』だからこそ効いたのだとも思いますが……メリヤスにはそういう力があるのではと思います」

『うむ、わかりにくいが、これも「過去」との一つの決着か』

「決着というより、和解かと」

『どちらでも良い。もうお前の身体へ帰れ。向こうでも果たすべき役目がありそうだぞ。この子どもは心配しなくても良い。しばらくしたらまた謝り始めるだろうが、そうしたら俺がお前を呼びにいってやる。また一緒にメリヤスでも編《あ》んでやれ』

影がそう言うのを聞きながら子どもの頭を撫《な》でてやっていると、行灯《あんどん》が消え、辺りが真っ暗になった。

＊＊＊

気がつけば、感九郎は己の身体に戻っていた。

寺門が蹲《うずくま》り、久世がその顔を覗《のぞ》き込んだり、脈をとったりしている。

コキリは虚空を見つめている。

ジュノもカスミたちも何も言わず、ただただ立ちすくんでいる。

久世が重々しく、静かに言った。

「寺門殿は、たった今お亡くなりになられた」

カスミが小さな悲鳴をあげ、ムゴンと共に駆け寄った。

突如、コキリが怒鳴った。

「畜生！　不老不死でもねえ！　『変わり身一代記』も書いてねえ！　乱津可不可でもねえ！　オレはいったい何者なんだよ！」

ジュノが俯《うつむ》き加減のまま、ため息をつく。

「お主の気持ちはわかる……しかし『変わり身一代記』は書いてはいないのかも知れぬが、その後のものを書いたのはお主だ。墨長屋敷でそれがしも幾つか草稿を読ましてもらった」

「五月蠅《うるせ》え！　こんなオレの気持ちがわかるわけねえだろ、貴様に！　勝手な『過去』を押し付けられ、『自分』を奪われちまったんだぞ！　いま見てるこの光景も、話してる貴様も、全部オレの思い込みかも知れねえんだぞ、馬鹿野郎！　そんなことってあるか！」

コキリが暴れ出したので、慌てて感九郎が立ち上がろうとしたその時、「コキリさん！」と女の声がした。

見遣《みや》れば真魚が佇《たたず》んでいる。

気がついて、座敷牢《ろう》からこちらへと出てきたのだろう。

「勝手ながら途中からお話を伺いました。コキリさんが大変な思いをされたのがわかりました」

そう言って、泣いている。

しかし、それ以上何も言えぬ。

コキリは「畜生！」と叫び、座敷牢へとのしのしと歩いて入ると、怒鳴りながら暴れ始めた。

山積みの、かつて己が書いた『変わり身一代記』を蹴飛《けと》ばし、投げつけ、文机《ふづくえ》をひっくり返した。

「何なんだよ！　オレは何なんだよ！」

そう雄叫《おたけ》びを上げ、大荒れに荒れている。

しかし、誰も何もできない。

寺門は亡くなってしまった。

ジュノは厳しい顔でコキリを見つめている。

カスミは寺門の亡骸《なきがら》の上で泣き伏している。

ムゴンは俯くばかりである。

二階堂は絶句している。

真魚は涙を流している。

まといつく重い気を振りほどくようにコキリは叫び、暴れ、地団駄を踏んでいる。

さながら生き地獄を眺める如しであるが、それがいつ終わるとも知れぬ。

感九郎は眉間《みけん》に皺《しわ》を寄せて辺りを見回していたが、意を決して立ち上がった。

自分は、解決できぬ『過去』と共にありながら生きていくにはどうすれば良いのかを知っている。

しかし、メリヤスが、いまのコキリに効くとも思えぬ。

いったい、この状況で何ができると言うのだろうか。

——ええい、ままよ
感九郎はしばらく考えたのち、泣いている真魚の前に立つと大声を上げた。

「真魚、ちょっとよいか」

「……はい?」

「江戸に戻ったら真魚と祝言をあげたいのだが」

「……！　感九郎さま、何をおっしゃっているのですか！　場違いにも程があります！　今はそんなことを言っている場合ではないのです！　コキリさんが大変なのですよ！」

真魚は激怒した。

その言い様は当然であるし、さらに今までの感九郎であれば、真魚にこのように責められた途端に喉《のど》に糸が絡みつくような感に襲われて居た堪《たま》れぬところである。

たとえ己の考えがあろうと「自分が悪い」となってしまっただろう。

だが、今は違った。

もしや、感九郎の影の奈落《ならく》に居るあの子どもが謝るのをやめているのかもしれぬ。

大体が、真魚と祝言をあげたいと思うこと自体、「浪人になってしまった己が悪い」とは思わなくなったということである。

「それはそうなのだが」

感九郎はそう柔らかく言うと、座敷牢のコキリに聞こえるように、もう一度大声を出した。

「真魚、私はお主と祝言をあげたいのだ。いかんか？」

見遣れば、コキリが化け物を見たかのような顔でこちらを向いている。

真魚もそれを見て、躊躇《ためら》いながらも応《こた》える。

「それはわたしも望むところではございますが……」

「よし、決まった。戻ったら夫婦《めおと》になろう。おい、コキリ」

呼ばれたコキリは、今度は鳩が豆鉄砲を食ったような顔をした。

応《いら》えも返してこないので、感九郎はそのまま続けた。

「お主には媒酌人になってもらいたい」

「……貴様ぁ、とうとう馬鹿が極まったか。そんなものやるわけねえだろ！」

「なんだ、残念だな。ジュノと二人でやってもらえると嬉《うれ》しいのだが」

そう言うと、感九郎の後ろで寺門の亡骸の上に泣き伏していたカスミが、立ち上がった。

何故かしら、今までより凛《りん》としているように見える。

「姉さん……アタシはずっと姉さんにしっかりものが言えなかった。目をしっかり見られなかった。姉さんに本当のことを知らせちゃいけないって思ってたから。知ったら、姉さんがどうなるかわからなかったから……でも、こうなったら思ってること、全部言う。アタシもムゴンも姉さんのこと、本当に感謝してる。江戸に戻ってても時々やってきてほしい。やってきたらご飯も沢山つくるし、温泉も入り放題だから。姉さんに会うの楽しみにしてるし、アタシとムゴンの命の恩人なんだから、恩も返したい！　それに、寺門先生までいなくなっちゃったから、アタシたちにもっと知恵を貸してほしい。手伝って欲しい！」

「カスミ、手前《てめ》ぇにも馬鹿がうつったか！　オレは『一目連』に仇《あだ》なす『仕組み』の筋を書いてるって言っただろうが、阿呆《あほう》！　手前ぇらの手伝いができるわけねえだろうが！」

　そうコキリがカスミに怒鳴り散らすのを、ジュノがとぼけたような声で遮る。

「コキリよ、江戸ではお前の書く戯作《げさく》を待っている衆が五万といるのだぞ。それを放っておいて、怒鳴り散らしているだけなのは書き手の風上にもおけんのう」

「五月蠅えんだよ、貴様は！　人の仕事に口出すんじゃねえよ、客騙《きゃくだま》し肉達磨《にくだるま》が！　オレが本物の乱津可不可じゃねえってわかっただろうが！　馬鹿にしてんのか！　それにこんなんじゃもう書けねえよ。業が深すぎてやってられん」

「初代乱津可不可ではないにしろ、二代目乱津可不可なのは間違いないのだろうに。それに、戯作者などというものは、自分の業を言葉にして人に見せるのが仕事だ。これでお主もさらに名を上げると思うがのう」

「他人事《ひとごと》じゃねえか、馬鹿野郎！　そんな気楽にやってられるか！」

怒鳴りすぎてさすがに息を切らすコキリに、意外にも久世が言葉をかけた。

「うむ……霧と言ったか。まずは儂《わし》からも詫《わ》びたい」

「なんだよ、今更謝られても、何にもなんねえよ！」

「それはそうかもしれぬが、やはり詫びを入れねばならん。人を救うために医の道に入ったが、結果がこれだ。儂も己の過去と向き当って、改めて考えなければいかんと思っている……儂は儂のできることをしたい。薄いとは言え、長きにわたって吸った阿片《あへん》の毒はお主を蝕《むしば》んでおる。もしお主がその気なら、その毒を抜くために、儂は手を尽くしたいと思う。長年居た『一目連』には背くことになるが、あの一党には嫌気がさしてきたところなのだ」

「五月蠅《うるせ》え、手前ぇの世話になんかなるかよ」

「それならそれで良い。気が変わったら上野《うえの》の久世森羅宛に文を出せ」

そう言うと久世はムゴンに指示を出して寺門の亡骸と共に蔵を出ていってしまった。

一部始終を聞いていた真魚は得心がいったような顔をして、振り向き、コキリに向き合った。

そうして、息を切らしているコキリに、静かな声を出した。

「コキリさん。初めて会ってからまだ短いですけれど、姉のようにも妹のようにも思っています。コキリさんが大変なことを抱えているというのを知ったばかりだから、今、わたしからは媒酌人のお願いはできませんけれど……またコキリさんとお刺身食べたり、お酒飲んだりしたいです」

するとき、とうとうコキリは座り込んでしまった。

「馬鹿野郎だ。雁首《がんくび》揃えて馬鹿野郎だ。馬鹿ばかりだ。オレの周りは馬鹿ばかりだ」

そう言って、長い間、泣いていた。

第十二章　感九郎、編みつなぐ

それから、感九郎たちは少し身体を休め、カスミに連れられて山を下りたのだが、その前に幾つか事が起きた。

卍次であるが、「迷い家」での騒動が一段落した後、心配になった感九郎が「庚《かのえ》」を訪れると、平気な顔でメリヤスを編み続けていた。

驚いた感九郎が聞けば、あの叫び声は「鬼」に襲われたのではなく、細い絹糸を編もうとしてその煩わしさに苛立《いらだ》ってあげた叫び声だったらしい。

そのまま裏木戸から外へと飛び出し、剣を振って気を整えていたとのこと。

「そのうち土砂降りになったが滝に打たれたように気が満ちた。師匠が言った『細い絹糸は編みにくくて叫び出しそうになるから、苛々したら身体を動かすと良い』という、その教え通りにしたおかげだ」

と無表情に話すので、感九郎は呆《あき》れてしまった。

見れば、内職元締めから渡された高級な糸を使って幾つも編み地を作っていて感九郎は頭を抱えたが、こうなると糸代を弁償しなければいけないことは胸に秘めておくことにした。


二階堂が先んじて山を下りることとなり、その出立前に話がしたいと感九郎のところへやってきた。

「黒瀬殿だけにお話ししよう。実は拙者は将軍家の密命を帯びて悪党の組織『一目連』の頭目の居場所を探している隠密《おんみつ》なのだ。奴らの名前が名前だけに、化け物や神社に詳しい拙者に白羽の矢が立ったのだ」

そう打ち明けられて呆気《あっけ》にとられたが、二階堂の顔は至って真面目であった。

「将軍家も『一目連』についてはえらく注意を払っているが、拙者は枝葉末節の悪党たちには触れぬことになっておるから、安心召されい。カスミ殿たちのことは目をつぶっておこう。そうでないと警戒されて頭目まで辿《たど》り着けなくなりますからな。ただ、ここが『一目連』の特別な施設だったことだけは上に伝えようかと思っておる。頭目に関係することではあるからな」

感九郎が、なぜ私だけに伝えるのですか、と訊《き》くと、二階堂は声を潜めた。

「黒瀬殿は瀬尾源太《せおげんた》殿のことを存じているかと」

感九郎は前のめりになった。

その胸におさめた秘密を感九郎が暴いてしまったために、居なくなってしまった親友、源太。

まさかその名が二階堂の口から語られるとは予想もつかなかった。

「密命を帯びているものは拙者だけではなく、何人もいるのだ……詳しいことは申し上げられぬが、わけあって瀬尾殿は拙者たちのところにおる。『一目連』を追う中で黒瀬感九郎という浪人に会ったら、信用できる仲間と思って頼ると良い、と言われた次第」

感九郎は胸が温かくなるほど安堵《あんど》した。

源太は生きているのだ。

「拙者はここでのお役目も果たしたので先に失礼する。拙者のことは、番屋でも奉行所でも、廻《まわ》り同心の二階堂三蔵、と言ってもらえれば通じるようになっておるから見知りおいてくれ……ああ、そうだ、遅ればせながら真魚殿との婚礼、めでたいかぎりだ。糸の神とされる菊理媛神《くくりひめのかみ》は縁結びの神。黒瀬殿に味方してくださるはず。

おっと、いかぬ。また話しすぎるところだった。その話は次の機会にでも……」

二階堂は厳《いかめ》しい顔をゆるめ、笑顔を浮かべてそう言うと、去っていった。

江戸に帰るにも様々な騒動があったが、結局、真魚になだめすかされて、コキリも旅路を共にした。

帰ってからはとうとう戯作《げさく》を書き始めたらしく大人しくしているが、時々怒鳴り声が聞こえるのは、やはり心持ちが辛《つら》い時があるのだろう。

すぐには解消できないのだろうが、共にやっていければ良い、と感九郎は思っている。


内職元締めのところに行くのは、メリヤスの魔除《まよ》けも編んでいなければ、預かった高価な糸を卍次に編ませてしまったのもあり、腰が重かった。

が、事情も説明せねばならぬので、念のため卍次のメリヤス稽古《けいこ》の結果である、無数の編み地を持っていくと、それを見た元締めは意外にも喜んだ。

「これは、大きさも手頃であるし、編み地がきれいな割にはところどころ乱れているのも呪《まじな》いものらしくてよいですな……黒瀬様、これをそのまま仕上げてくださいませ。私が高く売って差し上げます」

そんなことを言うので言われるままに仕上げて納入すると、結構な高値であっという間に売れたらしい。

墨長屋敷にメリヤスを習いにきた卍次にその売り上げを渡そうとしたら、教授代にあててくれと受け取らないので困ってしまった。

カスミたちについては、悩んでいるが、ジュノとコキリと話をした結果、御前に相談することとなった。

敵である組織の手助けをするのもおかしいと思ったが、どうやらカスミたちを取り込んで「一目連」の内々の事情を知る事ができるのではないかという企《たくら》みがあるようで、その老獪《ろうかい》さに感九郎は舌を巻いた。

御前はまだ帰ってこない。

戻ってきたら真魚との婚儀の仲人《なこうど》を頼もうと思っている。

ジュノは相変わらずである。

コキリの悪口雑言を五月蝿《うるさ》がっているが、安心しているようだ。

江戸に戻って数日が経ち、感九郎は自分の部屋でまたメリヤス手袋を編んでいた。

梅雨らしく外は雨が降っていて、部屋は薄暗い。

昼だというのに行灯《あんどん》に火を入れて、その光に編み地をすかして見ていると、屋敷に誰かがやってきてジュノが応じる声がする。

廊下で足音がして障子が開くと、誰あろう真魚であった。

「感九郎さま、家から刺身を持って参りました」

「いつも悪いな。そうだ、明日《あした》にでも与次郎殿とお葉殿にご挨拶《あいさつ》をしに行こうと思うが、どうか。真魚との祝言の話もしたいのだが」

「父も母も喜ぶと思います。ところで感九郎さま、先程からずっと編み地をご覧になっていますが、いったい何をされているのですか」

「いや……己の『過去』を見ているのだ」

「過去、ですか」

「うむ。人にはそれぞれ、過去に色々な事がある、と改めて思わされてな」

真魚は頷《うなず》いたが、その表情は曇っていた。

コキリのことを心配しているのだろう。

「メリヤスは間違えたらほどいて編み直せるが、果たして人の『過去』はほどけるのだろうか、と考えていたのだ」

「感九郎さまらしいですね……人は考えや思いを変える事ができましょう。過去は思い込みと紙一重なのだということを、わたしも学びました」

「それはそうなのだが……己という編み地をほどくのは時に厳しく、耐えられぬ事なのだ。無理やりほどこうとすると、固く結ばれてしまって糸が切れてしまう。そのような時にどうしたら良いのか、私にはわからぬ」

「わたしにもわかりませんが……良いのではないですか、それで」

「良いのか」

「『時《とき》』の語源は『解《と》く』や『ほどく』だ、という話を聞いたことがあります。無理をしてほどくことはせずに、編みかけのままとっておけば良いのです。時がほどいてくれることもありましょう。その時にはやりなおせまする。コキリさんも自分の過去をほどいていくのは辛かろうと思いますが、そのうちきっと元気になります。今までよりももっと」

「そうかもしれぬな」

雨降って地固まる。

その言葉どおりなのかも知れない。

ほどけるときにほどき、切れてしまったら編みつなぐ。

メリヤスのように生きていけば良い。

「それはそうと、感九郎さま。あのような場で夫婦になる旨を伝えられたことに関して、真魚は不服に思っております。ぜひもう一度改めておっしゃってくださいませ」

「なんと。あれでは不服か……それではいま改めて申すぞ」

「ああ！　せっかくなら、もう少し良い風景のところでお願いします」

「なにい！　これまた面倒なことを言い出したな」

「何を言っているのですか。女子《おなご》というものはそういうものなのです！」

真魚と口論しながら、感九郎は「己が悪い」と思っていない自分に気がついた。

たしかに人の過去もほどけるのかも知れぬ。

そう思って顔を上げると、真魚は笑みを浮かべていた。

本書は書き下ろしです。

協力　アップルシード・エージェンシー

編《あ》み物《もの》ざむらい（二）

一《ひと》つ目《め》小《こ》僧騒動《ぞうそうどう》

横山起也《よこやまたつや》

令和５年 12月25日　初版発行

発行者●山下直久

発行●株式会社KADOKAWA
〒102-8177　東京都千代田区富士見2-13-3
電話　0570-002-301（ナビダイヤル）

角川文庫 23955

印刷所●株式会社暁印刷
製本所●本間製本株式会社

表紙画●和田三造

●お問い合わせ
https://www.kadokawa.co.jp/（「お問い合わせ」へお進みください）
※内容によっては、お答えできない場合があります。
※サポートは日本国内のみとさせていただきます。
※Japanese text only

ISBN 978-4-04-113764-2　C0193

◇◇◇

角川文庫発刊に際して

角川源義

第二次世界大戦の敗北は、軍事力の敗北であった以上に、私たちの若い文化力の敗退であった。私たちの文化が戦争に対して如何に無力であり、単なるあだ花に過ぎなかったかを、私たちは身を以て体験し痛感した。西洋近代文化の摂取にとって、明治以後八十年の歳月は決して短かすぎたとは言えない。にもかかわらず、近代文化の伝統を確立し、自由な批判と柔軟な良識に富む文化層として自らを形成することに私たちは失敗して来た。そしてこれは、各層への文化の普及滲透を任務とする出版人の責任でもあった。

一九四五年以来、私たちは再び振出しに戻り、第一歩から踏み出すことを余儀なくされた。これは大きな不幸ではあるが、反面、これまでの混沌・未熟・歪曲の中にあった我が国の文化に秩序と確たる基礎を齎らすためには絶好の機会でもある。角川書店は、このような祖国の文化的危機にあたり、微力をも顧みず再建の礎石たるべき抱負と決意とをもって出発したが、ここに創立以来の念願を果すべく角川文庫を発刊する。これまで刊行されたあらゆる全集叢書文庫類の長所と短所とを検討し、古今東西の不朽の典籍を、良心的編集のもとに、廉価に、そして書架にふさわしい美本として、多くのひとびとに提供しようとする。しかし私たちは徒らに百科全書的な知識のジレッタントを作ることを目的とせず、あくまで祖国の文化に秩序と再建への道を示し、この文庫を角川書店の栄ある事業として、今後永久に継続発展せしめ、学芸と教養との殿堂として大成せんことを期したい。多くの読書子の愛情ある忠言と支持とによって、この希望と抱負とを完遂せしめられんことを願う。

一九四九年五月三日

角川文庫ベストセラー

角川文庫ベストセラー

縫合
表御番医師診療録2
上田秀人

表御番医師の矢切良衛は、大老堀田筑前守正俊が斬殺された事件に不審を抱き、真相解明に乗り出すも何者かに襲われてしまう。やがて事件の裏に隠された陰謀が明らかになり……。時代小説シリーズ第二弾！

解毒
表御番医師診療録3
上田秀人

五代将軍綱吉の膳に毒を盛られるも、未遂に終わる。表御番医師の矢切良衛は事件解決に乗り出すが、それを阻むべく良衛は何者かに襲われてしまう……。書き下ろし時代小説シリーズ、第三弾！

恋道行《こいのみちゆき》
岡本さとる

初めて愛した女・おゆきを救うため、御家人崩れの男を殺した絵草紙屋の若者・千七。互い以外は何もいらない――。逃避行を始めた2人だが、天の悪戯か、様々な事情が絡み合い、行く先々には血煙があがる……！

恋道行《こいのみちゆき》〈二〉
岡本さとる

鬼政一家に追われる千七とおゆき。助け助けられ逃げるうち、おゆきが知らぬ間に持たされていた書付が大金の在処を示すものだと気がつく。だが、鬼政達や横取りを企む与力らもその場所を探り当てていて……。

恋文屋さんのごほうび酒
神楽坂　淳

代書屋に勤める手鞠は、よく恋文の依頼を受けることから、「恋文屋」と呼ばれていた。他人の恋を叶えても、自分には良縁が巡ってこない。風変わりな依頼に巻き込まれがちな手鞠は、今日も疲れを酒で癒やす。

角川文庫ベストセラー

妻は、くノ一 全十巻　風野真知雄

女が、さむらい　風野真知雄

初秋の剣
大江戸定年組　風野真知雄

龍華記　澤田瞳子

稚児桜
能楽ものがたり　澤田瞳子

平戸藩の御船手方書物天文係の雙星彦馬は藩きっての変わり者。その彼のもとに清楚な美人、織江が嫁に来た!?　だが織江はすぐに失踪。彦馬は妻を探しに江戸へ向かう。実は織江は、凄腕のくノ一だったのだ！

修行に励むうち、千葉道場の筆頭剣士となっていた長州藩の風変わりな娘・七緒は、縁談の席で強盗殺人事件に遭遇。犯人を倒し、謎の男・猫神を助けたことから、妖刀村正にまつわる陰謀に巻き込まれ……。

少年時代からの悪友3人組、元同心の藤村、大身旗本の夏木、商人の仁左衛門は豊かな隠居生活のため、男だけの隠れ家を作ることにした。物件を探し始めた矢先、商人の女房の誘拐事件に巻き込まれて……。

高貴な出自ながら、悪僧（僧兵）として南都興福寺に身を置く範長は、都からやってくるという国検非違使別当らに危惧をいだいていた。検非違使を阻止せんと、範長は般若坂に向かうが――。著者渾身の歴史長篇。

清水寺の稚児としてたくましく生きる花月。ある日、自分を売り飛ばした父親が突然迎えに現れて……（表題作「稚児桜」より）。能の名曲から生まれた珠玉の8作を収録。直木賞作家が贈る切なく美しい物語。

角川文庫ベストセラー

はだれ雪 (上)(下)
葉室　麟

浅野内匠頭の〝遺言〟を聞いたとして将軍綱吉の怒りにふれ、扇野藩に流罪となった旗本・永井勘解由。若くして扇野藩士・中川家の後家となった紗英はその接待役を命じられた。勘解由に惹かれていく紗英は……。

孤篷のひと
葉室　麟

千利休、古田織部、徳川家康、伊達政宗——。当代一の傑物たちと渡り合い、天下泰平の茶を目指した茶人・小堀遠州の静かなる情熱、そして到達した〝ひとの生きる道〟とは。あたたかな感動を呼ぶ歴史小説！

天翔ける
葉室　麟

幕末、福井藩は激動の時代のなか藩の舵取りを定めきれず大きく揺れていた。決断を迫られた前藩主・松平春嶽の前に現れたのは坂本龍馬を名のる1人の若者。明治維新の影の英雄、雄飛の物語がいまはじまる。

小伝馬町牢日誌
お帰り稲荷
早見　俊

小伝馬町牢屋敷の同心、大賀弥四郎は、罪を憎んで人を憎まずをモットーとするお人好し。牢名主の長兵衛とともに事件の真実を突き止めていく——弱き者のために立ち上がる鉄火肌の男たちを描く新シリーズ！

惑いの面影
小伝馬町牢日誌
早見　俊

お人好しのやっさんと囚人からも親しまれている牢屋敷の同心・大賀弥四郎のもとに、亡き妻と面影の似たお峰が、亭主殺しの科で入獄してきた。しかしそこには様々な男たちの野心が何重にも渦巻いていて……。

角川文庫ベストセラー

秋声のうつろい
小伝馬町牢日誌
早見　俊

凡庸な忠義者の助蔵が、剣客として知られる主人を斬り殺した科で入牢してきた。不審に思った大賀弥四郎は、持ち前の人の好さで調査に乗り出す。一筋縄ではいかぬ想いに目をこらす心優しき牢屋同心の事件簿。

採薬使佐平次
平谷美樹

大川で斬死体が上がった。吉宗配下の御庭番にして採薬使の佐平次は、探索を命じられる。その死体が握りしめていたのは、ガラス棒。一方、西国でも蝗害の被害が報告されており……享保の大飢饉の謎に迫る!!

採薬使佐平次
将軍の象
平谷美樹

吉宗配下の佐平次は、長崎から2頭の象を運ぶことを命じられる。一旦白紙になっていたはずの象の輸入。船長代理の清国人と会見した彼は、裏に老中をはじめとした各藩の将軍失脚を狙う企みを嗅ぎ取る。

採薬使佐平次
吉祥の誘惑
平谷美樹

花街で続く不審死。佐平次は、死因が中毒死だと突き止め、犯人を捜すことに！　日本最古のアダルトショップとされる四ツ目屋や津軽藩、宗春など犯人と目される者たちが次々に現れ、佐平次の行く手を阻む！

江戸城　御掃除之者！
平谷美樹

江戸城の掃除を担当する御掃除之者の組頭・山野小左衛門は極秘任務・大奥の掃除を命じられる。精鋭7名で乗り込むが、部屋の前には掃除を邪魔する防衛線が築かれており……大江戸お掃除戦線、異状アリ！

角川文庫ベストセラー

江戸城　御掃除之者！
地を掃う
平谷美樹

江戸城　御掃除之者！
玉を磨く
平谷美樹

よこやり清左衛門仕置帳
平谷美樹

主殺し
よこやり清左衛門仕置帳
平谷美樹

道三堀のさくら
山本一力

御掃除之者の組頭・小左衛門は、またも上司から極秘の任務を命じられる。紅葉山文庫からある本がなくなったというのだ。疑わしき人物を御風干の掃除に乗じて誘い出そうとするのだが……人気シリーズ第2弾

「本丸御殿の御掃除をわれらに任せよ」。目安箱に投函された訴状をきっかけに、御掃除之者と民間掃除屋の御掃除合戦が勃発！　その裏には将軍位争いに遺恨を持つ尾張徳川家の影が……人気シリーズ第3弾！

天保十二年師走、火付け犯として材木問屋の手代が捕らえられた。手代は無実を訴える一方で、挙動が落ち着かない。鍵番清左衛門は真犯人が別にいると踏み、与力や同心によこやりを入れ独自探索を始める――。

主殺しで蠟燭屋の手代が捕まった。現場の状況を不審に思った定廻同心の左馬之介は牢屋同心の清左衛門に報告。やがて殺された勝右衛門の過去の因縁に起因する悲しい結末に辿りつく。早くもシリーズ2巻！

道三堀から深川へ、水を届ける「水売り」の龍太郎には、蕎麦屋の娘おあきという許嫁がいた。日本橋の大店が蕎麦屋を出すと聞き、二人は美味い水造りのため力を合わせるが。江戸の「志」を描く長編時代小説。

角川文庫ベストセラー

ほうき星 (上)(下)　山本一力

江戸の夜空にハレー彗星が輝いた天保6年、江戸・深川に生をうけた娘・さち。下町の人情に包まれて育つ彼女を、思いがけない不幸が襲うが。ほうき星の運命の下、人生を切り拓いた娘の物語、感動の時代長編。

長兵衛天眼帳　山本一力

老舗眼鏡屋・村田屋の主、長兵衛はすぐれた知恵と家宝の天眼鏡で謎を見通すと評判だった。人殺しの濡れ衣晴らしに遺言状の真贋吟味。持ち込まれた難問の裏には、様々な企みが隠されていて……。

ずくなし半左事件簿　吉橋通夫

父の跡を継ぎ郡方見習い同心になった半左は早くも逃げ出したい気持ちでいっぱいだった。信越国境の調査に行くことになったのだ。「ずくなし」(臆病者)のひよっこ同心は、無事に任務を遂行できるのか⁉

早替わりで候音次郎　よんどころなき事件帖　吉橋通夫

元旗本次男坊の草二郎は、「中村音次郎」の名で舞台にあがり、女形として評判をとっている。ある日、勘定吟味役の兄が急死したとの報が。真相究明に乗り出す中、やがて事件は幕閣の政争にまで辿り着く……。

ばけたま長屋　輪渡颯介

女の幽霊が出るという長屋に引っ越してきてしまった指物師の弦次は、同じ長屋の先輩住人の三五郎、町絵師の朔天とともに、さまざまな幽霊事件に巻き込まれる羽目に。お江戸下町なぞとき物語！